AnaK

NOVELA JUVENIL DE **Sergio Napp**

1ª edição / Porto Alegre / RS / 2012

Coordenação Editorial: Elaine Maritza da Silveira
Capa e projeto gráfico: Marco Cena
Revisão: Glênio Guimarães
Editoração eletrônica: Bruna Dali e Maitê Cena
Assessoramento de edição: André Luis Alt

N111a   Napp, Sergio.
          Ana K / Sergio Napp. – Porto Alegre: BesouroBox,
    2012.
       152 p.

       ISBN: 978-85-99275-50-4

       1.Literatura juvenil   I. Título.

                            CDU 82-93

Cip – Catalogação na Publicação
Vanessa I. de Souza CRB10/1468

Todos os direitos desta edição reservados à
Edições BesouroBox Ltda.
Rua Brito Peixoto, 224 - CEP: 91030-400
Passo D'Areia - Porto Alegre - RS
Fone: (51) 3337.5620
www.besourobox.com.br

Impresso no Brasil
Janeiro de 2012

1

– E onde você pensa que vai?

Arre, que este cara não larga do meu pé.

– A uma festa com amigos.

– Deste jeito?

– E o que tem de mais neste jeito?

– Ana, você se olhou no espelho? Esta saia mais parece um cinto e o decote da blusa vai até o umbigo!

– Não acredito! Estou vestida como todas as outras se vestem.

– E você precisa se vestir como todo mundo? Se elas são sem noção, você não precisa...

– Ora, não me incomode. O que é que você entende...

– Pelo menos tenho bom gosto.

– Bom gosto? Não com as suas pi... namoradas.

– Ana!

Ela se cala.

– E as coordenadas?

– E desde quando precisa?

– Desde que você nasceu. Ou melhor, desde que você ainda estava na barriga da sua mãe. Desde...

– Nossa, que coisa edificante!

– Não brinque, Ana. É coisa séria.

Ela o encara com um meio riso cheio de ironia.

– *Ok*. Vou até a casa da Mariana me encontrar com outras amigas...

– E onde é a festa?

– Não sei ainda. Temos duas e vamos escolher a que acharmos mais interessante.

– Eu te levo.

– Nem pensar! O que elas vão dizer?

– Pouco me interessa o que elas pensem ou deixem de pensar.

– Olhe aqui...

– Não tem olhe nem menos olhe. Vou levar a jovem senhorita ou ela não vai a lugar nenhum.

– Que merda!

– Ana!

Ela sente: nada o fará mudar de ideia.

– Tá certo, meu todo poderoso senhor.

– Vou me arrumar e já volto.

– Você também vai sair?

– Mas é claro! Alguma novidade?

– E as coordenadas?

– Você vai me levar?

– Claro que não! Não sou louca nem nada!

Ele ri.

Estão no carro. O som é um pop a todo o volume. Ela o olha. Ele murmura a letra e tamborila os dedos sobre a direção. Ele é bonito, ela pensa.

– E aí, quem é a turma?

– A Mariana, a Cássia, a Teca...

– Não, não. Me interessa é saber sobre eles. "Eles", entendeu?

– O Gabriel, o Wilson, o Cauê...

– Cauê? Este nome não me é estranho.

Ela o olha surpresa.

– Não é um cara com as suíças compridas encontrando a barba e cobrindo quase todo o rosto, olhos azuis e o dente da frente com uma falha?

Ela se retrai.

– Da onde você o conhece?

– Ele não andou metido em uma briga numa festa há pouco tempo?

Ana o olha surpresa:

– Como é que você sabe?

– Eu estava na festa.

– Você estava naquela festa?!

– É, eu estava. Qual o motivo do espanto?

– Não acredito...

Ele sorri diante de sua incredulidade.

– Pois esse tal de Cauê estava azarando a menina de um cara que eu não sei quem é, e a turma partiu pra cima dele. Daí eu fui ajudá-lo e...

– Você ajudou o Cauê na briga?

– Ô, Ana, o que é isso? Tinha cinco batendo no cara, eu fui ajudá-lo. Você não faria o mesmo? Sabe que o menino bate direitinho. É um galinho bom de briga.

– Eu não acredito! Eu não acredito...

– Ó, chegamos.

Ana abre a porta do carro.

– Ana, cuidado, viu?

– Pode deixar, Marcos, não sou criança.

Ele suspira.

– Aí é que mora o perigo. Você ainda é uma criança.

– Ah, não zoa. Me deixa em paz.

– Ana!

– O que é?

– Se você estiver sempre na defensiva, não vai haver Cauê que aguente.

Ele ri.

– Ah, não amola!

Ela se dirige para o portão.

– Outra coisa...

– Que é?

A vontade dela é terminar logo a conversa.

– Se você precisar, estou com o celular.

– Não se preocupe, não vou precisar.

Ela empurra o portão.

– Ana!

– Que é que falta ainda?

– Se nós nos encontrarmos na mesma festa, vou tirá-la pra dançar.

– Você não é louco de me fazer passar por um mico desses!

Rindo, ele acelera e se afasta, o carro cantando pneus.

Este meu pai é um galinha.

2

Ana acorda. Marcos ainda dorme. Ela vai até a cozinha. Põe a água para esquentar e coloca os pratos na mesa. A que horas terá chegado?

Olha o rio iluminado pelo sol e pensa que deveria estar caminhando pelo calçadão. Não fosse o cansaço. Ela boceja, a água ferve quando ele entra. Camiseta e cueca.

– Oi!

– Oi!

– Como foi a festa?

– Legal.

– Onde foram?

– No Complex. Aniversário da Lúcia. Dançamos. Estava divertido.

– E o Cauê?

– Que é que tem?

– Estava por lá?

– Não. Devia estar azarando a mulher de um amigo.

– Ah, meu Deus, eu não devia ter falado.

– Não devia, é? Algum motivo?

– Estampado na cara.

– Deixa de besteira.

– O que ele faz?

– Quem?

– Esse tal de Cauê, ora. Quem seria?

– Está fazendo o curso superior de música.

– Ah, mais um geniozinho dos palcos tupiniquins.

– Ele é muito bom!

– Muito bom, é?

Marcos sorri diante do ímpeto da filha.

– É!
Ele serve o café. Ela apanha o pão.
– E aí, galinhou muito?
Ele a olha sério.
– Muito.
– Que bom, não é?
– Ana...
– Fala, Marcos.
– Tenho o direito, não tenho?
Ela não responde.
– Tenho trinta e oito anos, solteiro...
Ela pensa: *Viúvo, cara, viúvo. E devia se dar o respeito.*
– Independente, vacinado. E gosto, você sabe. Já conversamos sobre isso, não?
Sem querer admitir:
– Já.
Terminam o café. Colocam a louça na máquina.

Ana, recostada ao sofá, folheia uma revista sem nenhum interesse.
Marcos deixa o computador e vem até a sala.

– Vamos almoçar?

– Que remédio.

– Está pronta?

– Quase.

Ela se dirige ao quarto. Marcos apanha a revista. Está de cabeça para baixo.

– Vamos?

– Vamos. Aonde?

– Ah, qualquer lugar.

– Qualquer lugar é um lugar que não existe. E a comida de lá não é boa.

– Engraçadinho.

Servem-se. Ana olha para fora, vê uma árvore que se balança ao vento, um cachorro coçando as pulgas, o guardador de carros.

– Ana!

Ela se volta.

– Está no mundo da lua? Chamei três vezes.

Ela o olha, ainda distraída.

– Se incomoda se eu for ao futebol? É uma partida decisiva...

Ela desvia o olhar. Gostaria de dizer-lhe *Fique comigo, a tarde está linda, gostaria de passear pela beira do rio ao seu lado. Quem sabe vamos até Belém Velho, naquela pracinha?*

– Claro que não. Se é tão importante...

Ele percebe a ironia, mas não responde.

– Perdemos.

– É da vida.

– Estou puto! Aquele veado do juiz!

Ela o olha: sempre que o time dele perde, a culpa é do juiz. De qualquer forma, é bom vê-lo assim, sem a couraça de homem perfeito.

– Quem sabe, bebemos alguma coisa? Um espumante?

– Ô, Ana! Que é isso? Desde quando você anda bebendo álcool?

Ela o olha desanimada.

– Esquece.

– Ana...

– Esquece.

As palavras se ausentam, o vácuo do tempo os rodeia.

– Quer sair para jantar?
– Não. Prefiro ficar em casa.
– *Ok*. Vou preparar uma omelete para nós.

Marcos sai para a cozinha. Ana permanece no mesmo lugar.

– Que tal?
– Muito bom.
– Abrimos um vinho?

Ela o olha e não consegue evitar um sorriso.

– Vinho, é? Desde quando eu posso beber?
– Ops, é verdade. Beberemos água.

Ela tem vontade de abraçá-lo.

– Ana, trouxc um filme. Você topa?
– Não é daqueles de guerra, morte e sangue que você tanto gosta?
– Não. Especialmente para você. *Os famosos e os duendes da morte*.

Aos poucos, enquanto o filme se desenrola, eles se aproximam. Marcos a enlaça pelos ombros e ela se aninha em seu colo.

– Ana! Mais um pouco e eu estou saindo!
Segunda-feira é sempre uma droga. O encanto se quebra. Embora o final de semana não seja a melhor coisa do mundo, ela o tem próximo a si. Ao seu lado. Mesmo que não diga o que ela gostaria de ouvir, algumas palavras afloram. Brotam. E aquecem o suficiente para que ela possa se aninhar em seus braços.

– Mais um pouco e sou obrigado a deixá-la no ônibus.

Até parece que isso não é comum.
Droga. Segunda-feira é sempre uma droga.

3

Ana atravessa o saguão da escola e pensa em Cauê.

Será que esta é a minha sina, viver cercada de homens que sentem prazer em correr atrás de rabos-de-saia?

E se ela ligasse para ele? Nada disso. Seria dar muita bandeira pra quem não merece. Ou ela o estará julgando com demasiada severidade? Vai saber.

Entra na sala de aula contrafeita. Hoje ela gostaria de estar sob as cobertas, curtindo a sua fossa. Talvez acabasse descobrindo o motivo. Talvez se sentisse pior. A vida é engraçada e Ana balança a cabeça. Por um lado, oferece do bom e do melhor; de outro, água fria e frustração. Se bem que os dias dela não se alternam desta forma. São todos meia-boca, sem sabor, pela metade. Quem sabe, aí more o problema? Ela os queria vibrantes, coloridos, quentes, cheios de surpresas. Será que isso existe?

Cumprimenta os colegas, se dirige para o seu lugar, pendura a mochila na cadeira. A professora coloca alguns dados no quadro, ajeita um *datashow*, verifica o conteúdo para a aula.

Ana apanha o bloco. E a mãe? Ela mal a conhece. Uma que outra foto. Comentários dos avós e do pai. De alguns amigos. Nada palpável. Nada físico. Descrições de pessoas que a amaram ou a conheceram. Tanto podem ser verdadeiras

ou falsas. E a voz? A pele? Os olhos? Alegres? Nostálgicos? E o riso? Ana começa a desenhar várias formas femininas, tentando adivinhar. Assim ou assim?

– Pessoal, vamos lá. – ela ouve a voz da professora muito ao longe – hoje falaremos sobre arte abstrata.

Abstrata é a lembrança da mãe.

Ana caminha em direção à rua quando ouve a voz.

– Oi, Ana!

Ela não precisa se voltar para saber de quem se trata. O rosto se avermelha, e, ao se voltar, flutua.

– Oi, Cauê! Pensei que você não vinha hoje.

– Me atrasei, tive uma aula extra.

– Tudo bem?

– Tudo.

Caminham lado a lado. Porque ele não pega sua mão? Por que ele não a abraça? Por que ele não diz o que ela quer ouvir?

– Soube que você se meteu numa briga...

– Verdade.

– A cicatriz aí é o que sobrou?

Ela tem vontade de acariciá-lo.

– Soube que um senhor ajudou...

– Um senhor? Essa é boa!

Ele ri. Ela se aquece.

– E não era?

– Que senhor, que nada, Ana. Um cara de uns trinta. E bom de briga. Legal, mesmo, o sujeito.

Tenta aparentar indiferença:

– E ele estava acompanhado?

– Não percebi. Quando fomos ao bar, estava sozinho.

– Vocês foram a um bar?!

– É. Depois da briga, eu estava sangrando no rosto e ele me ajudou. Aí, me convidou para irmos ao bar e eu aceitei. Baita noite, Ana! O cara é gente fina, bom papo, alegre, divertido. Bebemos e nos divertimos. Legal pra caramba!

Ana se cala. *O pai, hein?*

– E o que mais os passarinhos contaram?

– Que foi por causa de mulher...

– Não é a versão correta, mas, com certeza, você não vai acreditar na minha.

– Faz a fama e deita na cama...

– É, só que fizeram a minha cama e eu fui obrigado a me deitar.

– Ninguém é obrigado a nada.

– Certo, dona sabe-tudo. Digamos que eu aceitei.

O sorriso dele faz com que toda ela se alegre.

– Decerto choveu mulher lá no bar...

– Só existe uma e você sabe muito bem, Ana.

Por que ele não a beija?

Ana entra no quarto, larga a mochila na cadeira, apanha o bloco e fica repassando os dedos sobre as figuras da mãe, sobre a saudade de alguém que ela não chegou a conhecer. De que afetos e palavras seriam os abraços?

E se ela convidasse o Cauê para subir estando sozinha no apartamento? Qual seria a opinião da mãe?

4

– Você não pode fazer isto comigo! Você não pode!

Ana anda de um lado para outro no apartamento, desatinada. Um pouco chora, um pouco se encosta pelas paredes.

– Ana, me ouça!

– Não quero! Não quero! Isso é traição!

– Ana...

– Você não tem o direito!

– Ana.

– Não quero ouvir!

– Ana.

– Não quero!

– Ana, por favor.

– Traidor!

– Ana!

Marcos a sacode pelos ombros com força. Ela tenta se libertar. Ele a segura.

– Ana, escute! Pelo amor de Deus, escute!

Ela está desorientada.

– Não quero...

– Ana, por favor.

Ela se aquieta. Desalinhada, é um bicho com a respiração ofegante pronta a atacar tão logo a vítima abra a guarda.

– Sente-se aqui.

Ele a coloca sobre o sofá. Ela treme. As lágrimas continuam a correr.

– Você não pode fazer isto com a minha mãe

– Ana, o que é isso? Você está pirando? Por que não posso?

– Eu digo que você não pode.

Marcos balança a cabeça como se nada entendesse. O desânimo o toma e o faz afundar na poltrona.

Será que a filha...?

Ele a olha penalizado. Uma criança indefesa lutando por uma sombra. Um fiapo de gente tentando derrubar os moinhos do tempo.

Meus Deus, o que eu fiz?

Levanta-se, vai até a cozinha, apanha um copo com água, coloca um pouco de açúcar, mexe. Volta e senta-se ao lado dela.

– Beba.

– Não quero.

– Beba.

– Não preciso.

– Por sua mãe.

Ela o encara por um tempo. Há um pedido de socorro em seus olhos e, ao mesmo tempo, lascas de ódio saltam em sua direção.

Ana apanha o copo e bebe gole a gole. Ao terminar, coloca-o sobre a mesa de centro. E se encolhe ainda mais.

O sofá é imenso para os dois e eles ficam à deriva, em águas que os carregam para um longe cada vez mais longe.

Marcos sabe que é necessário falar, mas não encontra as palavras certas. Seus lábios várias vezes se entreabrem para dar lugar ao que está represado por tanto e tanto tempo. O medo de não encontrar as palavras certas o impede de dizer à filha o quanto ela é importante.

Ficam ali até que o sol inicie as despedidas e o escuro da noite bata em suas janelas. Só então, ela – velada pelo escuro, as imagens se desfazendo – ousa palavras:

– Você a amava?

Ele, que estava viajando por mundos outros, ensurdecido pelo silêncio que teimava em permanecer de plantão, ouve sons quase inaudíveis. A repetição destes sons por fim o acorda.

– Você a amava?

– Muito.

– Quanto?

– Demais.

– Quanto?

– Tudo.

De novo, a mudez toma conta do escuro. É a voz dele que pede socorro:

– Ana...

Ela se volta muito lentamente, como se a cabeça estivesse presa de tal forma ao corpo, que este não a deixasse se movimentar:

– Você nunca foi meu pai.

Pela primeira vez, desde que a guerra começara, o tom era suave, embora seco.

Ele demora até que as palavras se transformem em respostas:

– Fiz o que podia e mais do que sabia. Limpei a sua pele com dedos de algodão, embalei o choro com acordes de algumas canções, saciei a sua fome em tantas madrugadas.

– Mesmo assim, não foi um pai.

Ouvindo a voz que sai da noite, ele se anima:

– Eu era um jovem que perdera o amor da sua vida. Nada sabia e procurei os livros. Aprendi pouco para o demais que eu precisava. Lembra da ocasião em que cortou o dedo com a faca serrilhada e eu vi o sangue (ele ia dizer "feito o sangue que jorrava da mãe", mas a prudência fez com que se calasse), quanto foi o meu desespero? Uma vez, estávamos no Pronto-socorro. Você havia quebrado um dedo e eu, apavorado, cobrava de todo mundo um atendimento rápido. Lembra o que foi que você me disse, segurando a mão, muito séria? *Calma, pai, vai dar certo.*

Ela ouve com ouvidos de saudade.

– E a primeira menstruação? Nossa, eu não sabia o que fazer, de que forma explicar a você. Você me ensinou. Pareceu-me (de novo tentou dizer "a sua mãe" e mais uma vez o medo calou-o)... Eu tentei, Ana, juro que tentei.

– Você foi um irmão mais velho aprendendo junto um jeito de levar a vida. Me ensinando a caminhar sobre o muro. A andar de bicicleta. A enfrentar o mar. Um companheiro que afastava os fantasmas da noite, um parceiro de brincadeiras desmioladas. Para isso, você foi muito bom, Marcos.

– Eu cresci junto com você, Ana. Mas com a responsabilidade de ser pai.

– O pai que eu precisava, eu não tive. E agora, o pouco que eu tenho, tenta se livrar de mim.

O áspero torna a grudar nas palavras para que elas firam, mesmo que não seja este o desejo.

– Ana, eu tinha vinte e dois anos quando você nasceu. E quando...

Mais uma vez a voz falha e faz um esforço supremo para continuar enlaçando as palavras.

– Você me culpa.

– Não, pelo amor de Deus, não!

– Eu sinto.

– Pelo amor de Deus, Ana. Não é por aí.

Marcos se levanta, vai até a janela, olha para o longe e pensa nos acontecimentos. Estremece. Estão na sua frente, como se fosse hoje.

– Quer que eu acenda a luz?

– Não.

Senta-se à frente dela.

– Dezesseis anos, Ana, faz dezesseis anos. Eu tinha vinte e dois. Um cara de vinte e dois é um cara que tem o mundo pela frente. E neste mundo, é claro, vocês eram o que eu podia sonhar. E o que faz um cara de vinte e dois se o mundo termina para ele? Eu sofri muito, Ana, e demorou muito pra que eu pusesse a minha vida no prumo. Inevitável que eu encontrasse alguém depois de tanto tempo.

– Eu não admito. Não dentro desta casa.

– Quer que nos mudemos?

Ela o olha com desdém.

– Você entendeu o que eu disse.

Ele suspira. Cansado, com vontade de dizer *ok, vamos deixar para depois*. Sabe que não é possível.

– Ana, você tem sonhos, não tem? Desejos, expectativas, alguém com quem trocar confidências, amigos, enfim, essas coisas normais na vida de qualquer um? Eu tenho. Ana, sou jovem ainda. Tenho os mesmos anseios que você. Preciso de alguém que partilhe comigo o quanto eu viver.

– Ela entra por uma porta, eu saio pela outra.

A voz dela é rascante, desafiadora.

– Gabriela...

– Não repita esse nome aqui dentro!

Marcos levanta a voz:

– Você sabe o quanto eu procurei alguém por esses anos todos. Eu sou um galinha, não é você mesma quem vive a repetir? Pois eu achei. Gabriela é a mulher que eu vinha procurando. Ana Lúcia...

– Não misture o nome da minha mãe com o dessa...

– Ana Lúcia – ele continua –, com certeza, aprovaria minha decisão. Ela me amava.

– E você? Você joga tudo fora como se nada tivesse sobrado!

– Sua mãe está morta, Ana! Nós estamos vivos. Não misture as coisas.

– Você ouviu o que eu disse!

Ele volta à janela. Olha a noite, as estrelas, a cidade. Os ombros estão arqueados. Ele envelheceu, ela percebe.

– É uma pena, Ana – a voz quase sem forças, embargada. – É uma pena.

K

5

Ao colocar a chave na fechadura, Marcos ouve os acordes. Devagar, muito devagar, abre a porta, larga a pasta sobre o aparador e se dirige à sala.

Ana, absorta, desligada do mundo, executa uma canção suave. Marcos fica a escutá-la. É fim de tarde. A jornada fora puxada na agência. Trabalho de última hora e pra ontem. O que ele deseja é um banho que o revigore, mas aquela música faz com que viaje. Ela o carrega para muitos anos antes. Fecha os olhos e curte. A última nota se esparrama pela sala, em ondas, e ele permanece quieto, os olhos fechados. Até que um suspiro o desperta e ele sussurra:

– Lindo, Ana. Lindo.

Ela se volta, surpresa:

– Não sabia que você estava aí.

– Cheguei há pouco e não quis interromper.

Ele tenta se recuperar:

– Vou apanhar um refrigerante, você quer?

– Não.

Volta, o copo à boca. Limpa os lábios com as costas da mão.

– Que música é esta?

– *Fragile*...

– Do Sting! Claro, do Sting, e eu não me dei conta! *Fragile*...

Um barulho de ondas se ouve através da janela e ameaça quebrar os vidros.

– Você lembra, Ana?

– Lembro.

– Eu tocava esta música junto com a turma.

Ele senta no chão, próximo a ela, as costas apoiadas na poltrona. Estica as pernas sobre o tapete. Fecha os olhos, um breve sorriso se desenha. Cantarola.

– Interessante um roqueiro criar uma canção melancólica dessas.

Ela permanece calada.

– Lindo, Ana, muito lindo.

Eles sentem que o mar se aproxima.

– Você toca muito bem, Ana. E eu não sabia.

Ana larga o violão.

– Ou não lembrava?

Ela se levanta e sai para o quarto.

– Ana...

Ela não se volta. Ele cuida a silhueta que se desenha no escuro.

Apanha o violão e toca *Tears in heaven*, do Eric Clapton.

O mar invade a sala de vez. A turma se encontra na praia. Num luau. Sentam-se na areia, ao redor de uma pequena fogueira. O cheiro da maresia chega até Marcos, os olhos cerrados. Ele se encarrega do som. Os demais o acompanham, murmurando a letra ou a melodia. Riem, beijam-se, rolam pela areia. Há quem entre no mar para um banho noturno. A menina corre entre eles, juntando conchas, pequenas pedras, comendo pedaços de sanduíche, tomando goles de refrigerante. Vai até próximo ao mar e, quando a onda molha seus pés, salta alegre, aos gritos, e corre de volta. Até que, cansada, recosta-se em Marcos e adormece. Ele a apanha com o cuidado possível e a leva para a barraca. Coloca-a no colchonete e a cobre. Deita-se ao seu lado, amando-a com as forças que o coração lhe permite.

Would you know my name if I saw you in Heaven?

*I must be strong and carry on
'cause I know I don't belong
here in heaven.*

Would you hold my hand if I saw you in Heaven?

*Beyond the dark there's peace
I'm sure
and I know there'll be no more
tears in Heaven*

6

– E o Marcos ainda teve a coragem de me dizer, Cauê!

K

Eu poderia ter casado um ano depois, Ana. E você teria uma nova mãe. Talvez a amasse, talvez as coisas fossem diferentes. Mas eu não podia, não sei se você entende. Eu não podia. A dor era grande demais. Uma dor que não amenizava nunca. Depois, eu jurei que a lembrança de Ana Lúcia nunca seria esquecida. E não foi, você é testemunha. Os anos passaram, Ana, e eu comecei a sentir falta de companhia. Normal, não é mesmo? Eu estava em uma idade em que era comum os jovens se casarem. Não havia nada de errado. Muitas passaram, muitas me despertaram sentimentos escondidos, mas eu tentava preservá-la. O caso é que, agora, você tem dezesseis anos e em breve estará namorando, quem sabe viajando para o exterior em busca de uma bolsa de estudos. Por mais que sinta, nada posso fazer. Nem devo. Está aí o Gibran cantando nos meus ouvidos. E no dia em que a flecha partir, o que restará do arco?

– Ele ainda por cima me chantageia, Cauê. Se faz de vítima.

O rapaz se mexe, meio constrangido.

– Bom, eu não entendo muito de psicologia...

– Não faz carnaval!

– ... mas eu penso que o Marcos tem razão.

– Eu não poderia esperar outra coisa mesmo. Vocês se protegem em qualquer circunstância.

– Não tem nada disso, Ana.

– E o que eu ouvi não é isso mesmo?

Cauê a encara sério:

– Ana, eu penso que há muita coisa mal resolvida nessa relação de vocês.

– Ora, não me amole, filósofo de meia tigela!

– E pro seu bem, você deveria resolver isso logo de uma vez.

Ele faz uma pausa:

– Uma relação conduzida por muito tempo de forma errada não pode ser corrigida de uma hora para outra. Alguém tem de dar o primeiro passo.

– Meu Deus, eu não sei por que ainda escuto essas baboseiras.

Cauê olha ao redor. Estão em um banco de praça. Em frente a eles há um lago e na margem oposta um casal corre. Um sabiá em busca de comida olha para eles, apreensivo. Cauê se levanta, apanha uma pequena pedra e a rola em suas mãos. Não é seu intento desafiá-la. Não quer pôr a perder o que há pouco teve início. Sabe que precisa ir com calma, mas intui que deve colocar com clareza o que pensa sobre a situação. É muito importante para Ana. É muito importante para ele. Volta para o banco e continua a brincar com a pedra.

– Quando soube que o Marcos era seu pai, levei um susto. Não ria, é verdade. E quem é que ia pensar que aquele cara desencanado, surfista e alegre com quem eu tomava cerveja e conversava sobre todo e qualquer assunto era o seu pai! Levei um susto... Logo ele, o pai da garota por quem eu...

Cauê se cala. Joga a pedra no lago. E segue:

– Nossa, se eu tivesse um pai assim, nós íamos aprontar todas!

– Imagino.

– Ana, não sei se você sabe, ou melhor, talvez nem queira saber, mas todas as meninas do colégio, as mais afoitas, principalmente, babam pelo Marcos.

– Ah, não exagera, Cauê.

– Sério, Ana. Basta que ele estale os dedos, assim ó, e todas elas se atirariam sobre ele, cheias de amor pra dar...

– Coisa mais nojenta, Cauê!

– Pura verdade, Ana. Ou você nunca ouviu os comentários nos corredores?

– Alguns.

– Ana, teu pai é jovem, bonito, sente desejos que todos os humanos sentem.

– Os homens, você quer dizer.

– As mulheres, por um destes grandes acasos, não sentem, Ana?

Ele se aproxima dela. Ela se encolhe.

– As mulheres não, Ana?

Ela não responde.

– Marcos deve ter pulado de galho em galho em busca de uma parceira. Não é da natureza ficar sozinho, Ana.

– E você pulou?

– Pulei.

– E continua?

– A gente pula o mais que pode, Ana, até encontrar a parceira certa.

– E você a encontrou?

Ele a puxa para si e a beija. Os beijos se repetem cada vez com mais intensidade. Ana tenta resistir, mas, aos poucos, se entrega e retribui. Cauê beija o pescoço, os cabelos, os olhos, torna à boca. Ana sente que alguma coisa desperta nela. Os sentidos se aguçam, o desejo cresce. Cauê não dá folga, aperta-a mais, suas mãos se insinuam pelas costas, pelos braços, descem até a cintura. Ana, sufocada, se desvencilha.

– Chega, Cauê, chega!

Levanta-se e se afasta, zonza.

Cauê sorri, um sorriso de felicidade.

Bem vinda ao mundo real, garota!

7

Ana desperta na avenida, entre buzinas e impropérios dos motoristas. Safa-se e corre para casa. Fecha a porta do apartamento e se encosta à porta, a respiração acelerada. O coração aos pulos. A boca seca. Ela tenta entender. Na boca, o gosto da boca do Cauê. No corpo, um amoleci-mento gostoso. Um se deixar de nunca mais que-rer algo melhor. Outra se instalou nela e ela está satisfeita com a posse. Ela quer cantar, mas a voz não sai. Quer gritar, mas não encontra forças. Quer andar, pelo menos até o sofá, mas o corpo não obedece aos seus comandos. Ela só consegue lembrar os beijos e as mãos de Cauê. Foi bom e ruim. Ensolarou e choveu. Doce e amargo. Dia e noite. Claro e escuro. Sim e não. Tudo ao mesmo tempo. Que sentimento é este que a arrebata? Que faz com ela pareça levitar? Que a enche de alegria e a deixa em dúvida? Que a faz prince-sa e bruxa? Que a faz rir e chorar? Quem pode explicar? Esclarecer? Alô, alô, há alguém aí? O apartamento se encontra às escuras, cheio de si-lêncios. Ana faz um esforço enorme e procura em todas as peças, armários, gavetas, caixas, de-baixo das camas: ninguém. Ninguém que possa ajudá-la. Chega a gritar "Mãe!" – e se dá conta do absurdo. Se ao menos Marcos estivesse...

Ana deita no sofá e o que escuta é o coração. Mais alto que o ruído do relógio. Mais forte que o vento na janela. Mais intenso que a dor da au-sência.

A porta se abre de manso. É Cauê, ela sabe. Olhos fechados, mas ela sabe: o cheiro, o movimento dos braços, a respiração. Ele se deita ao seu lado e a beija com uma intensidade desconhecida. Ela quer mais. As mãos dele desvendam seu corpo. Ela quer mais. Ela quer muito mais. Ele não se faz de rogado e a atende. Um prazer que ela nunca sentira. Um fogo que a devora. Uma sensação de que o mundo é pequeno demais para eles. Um ruído e ela se assusta. Pare, Cauê! Pare, pelo amor de Deus...

Marcos a encontra encolhida no sofá, agarrada às almofadas, murmurando palavras desconexas.

– Que foi, Ana?

Ele entreabre os olhos.

– Você está bem?

Ela gostaria de dizer que não, que nada está bem. Que ela precisa de socorro. De um ombro. De conforto. De explicação. Isto, de alguém que explique o vulcão que está por explodir dentro dela.

– Você está bem?

Ela o olha e seus lábios não se abrem para palavra alguma. Levanta-se e, ainda agarrada à almofada – que ela imagina possa esconder a verdade de Marcos – se dirige ao quarto, onde se tranca. *Ainda não dá pra perdoá-lo.*

8

Ana acorda mais tarde para não encontrar Marcos. Quase não toca no café e sai. Não tem vontade de ir ao colégio. Cauê pode procurá-la, um hábito seu, e ela tem receio de encontrá-lo. Prefere caminhar a esmo. Sem rumo. Sem direção. Sem compromisso. Apenas o desejo de se descobrir. De se definir. Quem é esta Ana que ela não reconhece? Que não tem certeza de nada? Quem é esta Ana que dormiu pouco? Quem é esta Ana cheia de perguntas sem respostas? Precisa falar com alguém. Mas este alguém está na aula. Resta caminhar para que a ansiedade passe. Para que seu coração se acalme. Para que a impaciência se desfaça.

Ana volta à praça, volta ao banco, volta às lembranças. Precisa dissecar o que se passou entre ela e Cauê para que a vida, a sua vida, retome o curso natural. Toca na madeira, fecha os olhos, tenta reviver a emoção. Aos poucos, uma ternura muito grande a invade. Uns olhos surgem diante de seus olhos. Um riso aclara o seu riso. Uma boca fala o que ela sempre quis ouvir:

A gente pula o mais que pode até encontrar a parceira certa.

Você a encontrou?

Ela teme que a resposta possa fazê-la perder o fôlego, e não é isso o que deseja. Deseja analisar suas reações, buscar o porquê de sua inquietude. Por que teme encontrá-lo?

A voz, sempre a voz, a procura mais uma vez:

Há muita coisa mal resolvida na relação de vocês dois.

Será?

Ana olha o relógio. Se não se apressar, chegará atrasada ao colégio e perderá a oportunidade de falar.

– Milena!

A amiga se volta.

– Ah, Milena que bom te encontrar.

– Ué, aconteceu alguma coisa?

– Por que?

– Você não veio à aula.

– Aconteceu.

Milena se enche de curiosidade.

– Preciso desabafar com alguém.

– Vamos lá.

Enquanto caminham, Ana conta tudo em pormenores.

– Ana, não estou acreditando.

– O que foi, Milena?

– Você emburreceu de repente?

– Que é isso, Milena?

– Pelo amor de Deus, não dá pra reconhecer a garota mais esperta do colégio.

– Eu nunca fui, Milena. Nada a ver, uma coisa falsa.

– Ana, isto é paixão! Pura paixão! Você deve estar apaixonada, é isso. E você escolheu bem, amiga. O Cauê não é de jogar fora.

– Ah, para com isso, Milena.

Ela queria dizer que não fora ela que escolhera. O que tornara o fato mais importante ainda.

– Está se fazendo de boba?

Ou fora?

– É que eu me senti tão insegura...

— Normal. Quer dizer, eu acho. O problema é que eu nunca passei por isto. Ainda. Ouviu bem? Ainda!

Chegam à casa da Milena.

— Não quer entrar?

— Não posso.

— Podíamos conversar mais.

— Volto depois.

Milena apanha a chave e, antes de colocá-la na fechadura, pergunta, de forma não disfarçada:

— E o Marcos?

— Que é que tem?

— Não tem aparecido.

— É.

— Juro que eu não queria ele pra pai. Queria...

— Milena, você também?

— Por que a surpresa? O Marcos é um gato!

Pura perda de tempo, pensa Ana. Não valeu para nada. As incertezas não foram embora. O coração não se acalmou. Como se arrepende. Por suas indecisões, deixou de encontrar o Cauê. É o que ela mais quer: que ele a abrace, que ele a beije, que ele repita o que ela não cansará nunca de ouvir.

Quanto mais cedo você resolver esta questão, melhor. Um dos dois deve dar o primeiro passo.

É, pode ser.

9

– Eu preciso de você, Cauê!
– Mas Ana, eu nem fui convidado!
– E você não acha que eu posso convidar quem me interessa?

A voz é veludo.

– Vocês, mulheres, quando querem alguma coisa, é melhor sair da frente.
– Posso contar com você?

A voz sugere o que ele mais quer.

– Tenho de usar terno?
– Sei lá. A coisa vai ser o mais simples possível.

Marcos e Gabriela decidem se casar apenas no civil. Depois da rápida cerimônia no cartório, uma recepção em casa, para os amigos mais chegados.

– A lua-de-mel será curta. Temos compromissos inadiáveis.

Ana sente náuseas ao ouvir tais palavras. Entra e sai do apartamento de óculos escuros, para ver os preparativos o menos possível. A maior parte do dia passa em seu quarto. Inventa desculpas, alega compromissos, estudo com as amigas, visitas a um colega que se acidentou. Se pedem sua opinião, responde com evasivas, displicência.

Finge um desinteresse que não sente. Embora a antipatia pela Gabriela, é o casamento do pai. Sabe que ele gostaria que ela estivesse sempre com eles. Ela não consegue. Ainda não consegue. Torce para que chegue o momento em que possa aceitar. Ah, se a mãe pudesse mandar um sinal.

– Você está pronta, Ana? Podemos ir?

Ela o olha com um sorriso. Está lindo! Ana o vê, no cotidiano, com camiseta, bermudas, roupas casuais. À sua frente se encontra um homem vestindo camisa social branca, de linho, calça e *blazer* bem cortados.

– Caprichou, hein?

Sente vontade de beijá-lo.

– De vez em quando é preciso. Estou bem?

– Bem até demais. Você vai arrasar. Não vou te largar um minuto, senão o mulherio...

– Menos, Ana, menos.

Chegam atrasados ao cartório e também à festa, porque Ana assim decide. Cumprimenta o pai com um longo abraço e Gabriela com polidez. Decididamente, não suporta a ideia desse casamento.

Cauê se movimenta com desembaraço entre os convidados. Ana vê que Marcos o segue sem perdê-lo de vista e, para não deixar dúvidas, se gruda no jovem. Pequenos grupos se formam. Todos cumprimentam Ana e isso a incomoda. Não é ela que se faz presente naquela festa, será que não entendem? Na tentativa de se integrar, Ana bebe e Cauê se preocupa.

– Menos, Ana.

– Deixa de antipatia, Cauê. Estou no casamento do meu amado pai com aquela perua, não está vendo?

– Ana...

– E depois, que história é essa de querer mandar em mim? Não acha que é cedo?

Cauê, discreto, tira o copo de espumante das mãos de Ana. Ela apanha outro.

Na momento de cortar o bolo, Ana percebe o carinho e as gentilezas de Marcos para Gabriela. Ao se beijarem, ela desmorona.

– Me tira daqui, Cauê, por favor!

No carro, Ana chora desconsolada.

– Eu perdi, Cauê, eu perdi.

– Pelo amor de Deus, Ana. Nada de drama.

– Mas é verdade. Você não percebe? Eu jurei que sairia de casa e não tenho coragem.

– Seria uma estupidez!

Ana soluça.

– Esta sua guerra não tem lógica, Ana.

– Mas é minha mãe...

Cauê se vira e a encara:

– Sua mãe está morta! Quando é que você vai aceitar?

– Você não pode entender...

– Claro que posso. Você nem a conheceu, Ana! Há dezesseis anos você carrega uma sombra que a impede de crescer. É um absurdo!

– Você é um monstro! Insensível!

– Você bebeu. Vou levá-la pra minha casa e cuidar de você.

Cauê liga o carro. Percorre as ruas devagar, entre dúvidas. Ele não a entende. O que a leva a se machucar daquele jeito? Uma garota inteligente, sagaz e, no entanto, não enxerga um palmo diante do nariz. Vive na fantasia. Recusa-se a enfrentar a realidade.

– Calma, Ana. Já estamos chegando.

Ao descer do carro, Ana vomita. O rapaz a apoia com delicadeza.

Ao entrar, os pais de Cauê veem que Ana cambaleia e tentam ajudá-lo.

– Podem deixar. Eu me viro.

– Quem sabe eu faço um chá? – diz a mãe.

– Pode ser.

Ele a toma no colo e a carrega até a cama. Fica a seu lado até que ela adormeça.

Ana não sabe precisar, mas sente que alguém se aproxima da cama, acaricia o seu rosto e diz algumas palavras afetuosas que ela não compreende.

– Cauê... – ela murmura.

Na manhã seguinte, ao chegar ao apartamento, Ana o encontra vazio. Eles partiram! Partiram sem se despedir. Sem um abraço. Sem recomendações.

– Pai! Pai!

Eles a descartaram. Não gostam dela. E as palavras de carinho? E os cuidados? E os conselhos? Mentiras! Desalmados, é o que são.

– Pai! Pai!

Caminha pelo apartamento. O sol que atravessa os vidros não o ilumina. Não aquece. O dia, embora se ofereça em cores, é triste. Os corredores são imensos e tristonhos. Eles a abandonaram.

– Pai. Pai.

Ana joga-se na cama. Desamada, sozinha, sem ninguém, enrosca-se a um travesseiro e chora.

10

Acorda na manhã seguinte, os olhos inchados de tanto choro. Toma um longo banho, querendo desfazer o malfeito. Querendo reconstruir o que se desfez. Prepara o café, arruma a mesa. A faxineira chega, ela conta que o pai viajou (nem fala em casamento), pede que deixe a chave sob o tapete ao sair. Que não se preocupe, não virá para o almoço. Comerá alguma coisa na rua, depois irá a um cinema. Mais depois, talvez vá à casa da Cíntia. Se não for incômodo, deixe alguma coisa para o jantar. Põe um brilho nos lábios, os óculos escuros, apanha a mochila e sai.

Não dará o braço a torcer, ou não se chama Ana K.

O dia é maçante. Não passa nunca. Fez o que tinha para fazer e sobrou tempo. Bem ao contrário dos outros. Foi ao cinema, o filme até que era bom. Uma comédia água com açúcar. Divertida, pelo menos. O galã tinha alguma coisa do Cauê. Não foi à casa da Cíntia. Quer fugir de perguntas para as quais as respostas não a agradam. Ficar se lamentando não amainará a dor. Nem pensa em voltar para casa. Será mais uma noite sozinha, e se ela puder adiar o mais possível, o fará. Resolve ir ao parque. Caminha quase sem nada ver. Também quase nada lhe interessa. Os pensamentos estão longe. Muito longe. Numa certa praia do nordeste, onde estão Marcos e Gabriela. O que estarão fazendo? Beijando-se? Transando? Que nojo! Tenta afastar as imagens, mas elas não lhe dão bola. Insistem e permanecem. Será que em algum momento – um momento que seja, um minutinho só – pensam nela? Preocupam-se com o que ela possa estar sofrendo? Questionam-se por não terem se despedido? Por nada lhe dizerem? Estão fugindo dela. Como se ela fosse uma leprosa. Um bicho que se deixa aos cuidados de um qualquer. Um bilhete que fosse e estaria resolvido. "Querida Ana..." Não, seu pai nunca diria desta forma. Ana, curto e seco, é o provável. Certo, ela errou feio, pisou na bola reconhece, mas será que merecia toda essa indiferença?

As luzes da rua se acendem e ela volta para casa. Está com fome. Procura na geladeira e encontra o que a Amália deixou. Sem gosto. Come por comer. Engole por engolir. Porque o corpo exige. Não dorme, imaginando Marcos e Gabriela se agarrando.

Merda! Por que a sorte cai sempre dentro do mesmo sapato?

Não dará o braço a torcer ou não se chama Ana K.

11

Ana convida Cauê para vir ao apartamento.

— Comemos alguma coisa. Ouvimos música. Conversamos.

O rapaz hesita.

— Você não acha melhor irmos a um boteco? Peço o carro emprestado pro coroa.

Ela hesita.

— Prefiro aqui em casa. Não ando muito na pilha de sair. De ver pessoas. De barulho.

— Não tem medo de bicho-papão?

— Nem um pouco.

Ela escuta a respiração dele:

– A que horas?

– Ah, lá pelas oito.

Ana abre a porta e sente-se feliz pela primeira vez, desde que Marcos e Gabriela viajaram. Cauê traz uma rosa vermelha.

– Que linda!

Ela a apanha com carinho.

– Obrigada.

Ele se curva e a beija de leve.

– Pedi uma pizza. Estava arrumando a mesa.

– Eu ajudo.

– Certo.

Estão no meio da refeição e ela lembra:

– Desculpe. Esqueci. Não sou uma boa anfitriã. Você bebe alguma coisa?

– Um refri.

– Refri? Bom, o Marcos tem uns vinhos por aí. Eu não entendo muito, mas...

– Refri, Ana.

– Tá certo.

Terminam de jantar, tiram a mesa, põem a louça na máquina.

– Topa ver um filme?
– Claro!
– Tem alguma preferência?
– Deixo por sua conta.
Ana procura na prateleira.
– Ah, tem esse aqui. *Hair*. O Marcos adora.
– Nunca assisti, mas já ouvi falar. E bem.
– Arriscamos?
– Com certeza.
Acomodam-se no sofá. A música invade a sala, as imagens prendem-lhes a atenção. Ela se aninha junto a ele.

– Bonito, não?
– O final é de arrasar!
A contragosto, ela se desvencilha do corpo quente de Cauê.
– Vou buscar um sorvete.
– Ótimo!
Ana coloca um CD. Cauê a tira para dançar.
– Ai, meu pé!
– É a emoção. Eu não sou tão ruim assim.
Riem.

De repente, viram crianças. Correm pelo apartamento. Ela finge que se esconde. Ele finge que se espanta ao encontrá-la. Derrubam almofadas, rolam pelo tapete. Sem que percebam, estão aos beijos.

Ao se despedirem, ela pergunta, a voz trêmula:
– Não quer ficar?
Ele pigarreia, tentando esconder a ansiedade:
– Melhor não, Ana.
Ela sorri:
– Obrigada.
Ele se inclina e a beija de leve.
Tão logo fecha a porta, ela flutua. É uma princesa, e ele, um príncipe. Encantado demais.
– Ele é maravilhoso! – ela grita
Uma alegria tão grande que ela precisa dividir com alguém. Mas não há ninguém. O apartamento está vazio. Só que, desta vez, o vazio está cheio de estrelas que se multiplicam criando um céu de azul estonteante. Cheio de alegrias. De uma felicidade que não tem tamanho. Que não

cabe no apartamento. No mundo. Não dorme a noite inteira sonhando com Cauê.

Talvez ela dê o braço a torcer, pensa Ana K, enquanto, apaixonada, se enrosca no travesseiro imaginando seja o seu amor.

12

Chegam da caminhada. Ana providencia suco para ambos. Estão sobre o tapete da sala. Cauê folheia uma revista, as pernas estiradas.

Pernas cabeludas – ela observa.

E se...?

A mão voa certeira e puxa um chumaço.

– Aiiii! – Cauê dá um pulo. Derrama o suco.– Que é isto, Ana, ficou maluca?

Ela ri.

– Desculpe, foi impossível resistir.

Ana trata de limpar o tapete, ele se ajeita.

K

– Cauê?

– Que é?

– Algum problema?

– Não.

– Você está sério demais hoje. Falou pouco durante a caminhada. E agora...

Ele evita olhar para ela, contrafeito.

– Preciso contar uma coisa...

– Que é?

– Espero que você não fique brava comigo.

– Que é?

– Só um pouquinho, combinado?

Ela aguarda.

– Na noite do casamento, quando você dormiu lá em casa, lembra?

– Sim, e daí?

– O Marcos nos procurou. Muito preocupado em saber se você estava bem, o que tinha acontecido, por que saímos da festa sem avisar.

– Por que você não contou antes?

– Ele pediu que tomasse conta de você.

– Por que não contou antes?!

– Ele pediu...

– Pediu o quê?

– Pra não contar...
– Você só pode estar brincando. O Marcos...
– Verdade, Ana, ele...
– Você sabe o quanto eu sofri?

O rapaz baixa os olhos.

– Todo este tempo e você não falou nada... Não dá pra entender!
– Ana...

Ana se levanta, alterada.

– Claro, só pode ser... Ele queria me testar, não é? "Não conte nada para ela, quero ver se ela aguenta" – não foi assim? – "Ela precisa de uma lição". Foi isso?
– Ana, esfria. Ele queria te proteger... Estava preocupado...
– Mas ninguém se interessou em saber o que eu estava sentindo, não é?

Ana se levanta e sai batendo a porta. Cauê atira a revista longe.

– Merda! Estraguei tudo.

Foi ele! E eu pensando...
Eu tinha tanta confiança em você, Cauê...

Ana caminha sem direção. A aflição toma conta dela. Sente-se sufocada. Não quer acreditar que os dois, logo eles, as pessoas que ela mais ama, possam ter armado pra cima dela. *Ele queria te poupar. Poupar de quê? Por que as pessoas não agem com sinceridade, Cauê? Por que tem de ser assim, Marcos?*

Ela encosta-se a uma árvore. Sua vontade é gritar. Segura as lágrimas. O desejo é esmurrar a árvore até derrubá-la. Adianta? Mais uma vez, ela se encontra só. Por burrice sua. Por confiar demais. Os dois homens, os seus amores, insistem em tratá-la feito uma criança. Será que não entendem? Poupar de quê? Ela não quer ser poupada. Insistem em passar a mão em sua cabeça. "Eu vou proteger você, minha menina bonita" é o que ela não quer ouvir. Será tão difícil compreender?

– Ana...
Ela não se volta.
– Não me toque!
– Desculpe, Ana. Eu fui um idiota. Eu errei.
Ela não responde.

– Eu te amo, Ana! Eu te amo muito. Demais. Tudo.

Ela o olha. Na sua frente, um menino de bermudas coloridas, quase implorando o perdão. Na sua frente, um homem de pernas cabeludas, declarando-se.

– Cauê...

Ela se atira em seus braços. Ele a aperta para não perdê-la.

– Cauê...

– Ana...

– Por que é assim?

– Nunca mais será, Ana. Eu prometo.

Abraçam-se.

13

Ana está no quarto e ouve o ruído na fechadura.

– É ele! – e salta da cama.

Logo ouve a voz de Gabriela e se retrai.

Acompanha com cuidado os movimentos:

dirigem-se para o quarto, conversam, riem. Estão felizes, ela constata. E a constatação provoca uma dor e tanto. Ela não queria. E quem é ela para não querer? Por acaso pode interferir no destino das pessoas? Precisa aceitar, precisa aceitar, ela repete para si, tentando se convencer. Mas dói, dói pra caramba. Eles estão felizes, e ela?

A porta do quarto se abre.

– Ana!

– Marcos!

Ela se joga sobre ele e se abraçam entre risos.

– Tudo bem?

– Tudo bem...

Ela quer dizer "pai", mas não consegue. Ainda não consegue. Algo a impede, algo que ela não sabe ainda vencer. Pai, pai, pai, é tão gostosa a palavra! Pai, pai, pai, ela grita dentro de si e o eco nada responde.

– E aí? A minha menina linda se comportou direitinho?

Menina linda, se comportou?

Em que mundo ele vive? Quando vai acordar? Será que ela...

– Fiz uma pergunta, Ana.

– E eu não vou responder. Se você me olhar de frente, nós poderemos conversar.

Marcos suspira.

– Pensei...

– Pensou o quê, Marcos?

– Que o tempo, a distância, a saudade...

– Pudessem remendar todos os rasgos?

Ele deixa cair os braços.

– Trouxemos uns presentes...

Eu só quero um presente, pai, um só.

– Obrigada.

– Não está curiosa para vê-los?

– Pode ser.

Dirigem-se ao quarto dele. Marcos abre uma das malas e se põe a procurar. Gabriela entra.

– Oi, Ana.

– Oi.

– Incomodo?

E quanto – pensa Ana.

– Claro que não, amor. Estou procurando os presentes da Ana.

– Estão na outra mala.

Que nojo o grude destes dois.

Gabriela e sua discrição. Gabriela e sua delicadeza insuportável. Uma sombra que se movimenta ao redor deles. Que pensa que não interfere. Que faz o possível e o impossível para conquistá-la, como se isso pudesse acontecer. Gabriela, a que tomou conta do seu espaço, tomou conta da cama do pai, tomou conta do pai. Quem ela pensa que é? Não é mais bonita que a mãe. Não tem o sorriso da mãe. Que é que o Marcos viu nesta songamonga?

– Talvez o desempenho dela seja bom... – diz Cauê, debochando.

– Vocês são todos iguais...

Dali por diante, Ana não para de provocá-la. De modo sutil, na maioria das vezes. De forma agressiva, de quando em quando.

Gabriela é psicóloga e atende em seu consultório. Pelas manhãs, sai com Marcos. Volta, em algumas ocasiões, um pouco mais tarde. O que permite a Ana desfrutar do apartamento como se ela ainda desse as cartas. Sabe que é ilusão, mas se contenta. No jantar, praticamente só Marcos e Gabriela conversam. Ana é obrigada a ouvi-los. Os risinhos, as demonstrações de carinho. Quando instada a falar, responde por monossílabos. Logo que pode, foge para o quarto. Às vezes, escuta alguns comentários que a deixam furiosa.

– É uma fase, Gabriela. Logo, logo ela amadurece e, tenho certeza, irá entender.

– Sei como é, Marcos. Tenho dezenas de casos no consultório.

Nestes momentos, Ana bate com força a porta do quarto pra demonstrar sua inconformidade. E sua raiva.

– Ana, às vezes eu penso que você odeia o seu pai – diz Cauê.

– Santa verdade! Isso é mau?

– Um dia, acaba.

– Verdade? Não estou pedindo conselhos, sabia?

— Nem eu estou vendendo.
— E como é que você sabe?
— Eu também odiei meu pai...
— Não!!!!
— Foi ao descobrir que ele transava com a minha mãe.

Cauê se contorce numa gargalhada.
— Você é o mais idiota dos palhaços, sabia?

— Está difícil de aguentar.
— Imagino.
— Não, você não pode imaginar, Cauê. Ela agora resolveu trocar os móveis de lugar, o estofamento, os quadros. Cada vez que volto pra casa levo um susto. É outro apartamento que encontro.
— E está ficando bom?
— E isso lá me interessa. O fato é que eu não aguento a perua...
— Ana, sei que você não gosta que eu fale, mas desde que a Gabriela...
— Me dá arrepios ouvir o nome daquela...

– ... ela ganhou o direito de mexer no apartamento. É a casa dela. Se o Marcos não se importa...

Ana se levanta, contrafeita:

– Bom, eu tenho de ir...

Ela se apronta e se maquia diante do espelho.

– Pra que tanta maquiagem, Ana?

– Só falta agora eu receber ordens do senhor... Brincadeira!

Ele a acompanha até a porta:

– Tchau, amor.

– Tchau.

Cauê se dirige para o banho.

14

Marcos não esconde o desassossego. Liga a TV e a deixa de lado por falta de interesse. Tenta ler alguma coisa, mas não consegue se concentrar. Por último, serve-se de suco. Gabriela chega e ele suspira de alívio.

– Oi, amor.

– Bom que você chegou, Gabriela. Estava à sua espera.

– O que houve?

– Ana.

Gabriela fica esperando que Marcos conclua.

– Você não percebeu nada de diferente nela nesses últimos dias?

– De especial? Nada.

– Alguma coisa está ocorrendo. Eu sinto.

– Tem ideia?

– Não.

– E o que o leva a pensar que há algo acontecendo?

– O seu modo de agir, de olhar.

– Coisas de adolescente, Marcos. Ela...

– Não, não. É mais. Ela está mais arredia que de costume. Mais ensimesmada. Tem ficado mais no quarto. Quase não tem saído.

– Bom, você sabe, o meu contato com ela é precário. Não consegui ainda furar o bloqueio. Às vezes, ela até me enxerga. Em outras, não existo.

– É, eu sei. E agradeço por entendê-la. Mas eu sinto.

– Quer que eu tente descobrir?

— Não, não. Se ela não se abre comigo, não seria com você...

— Marcos...

— Desculpe.

— Onde ela está?

— Quem?

— A Ana, Marcos! Quem mais poderia?

— Na casa de uma amiga. Vai dormir por lá.

— E você sabe quem é a amiga?

— Não.

— Marcos, pelo amor de Deus...

— O que é agora?

— A sua filha diz que vai dormir com uma amiga e fica por isto mesmo?

Ele fica quieto.

— Olhe, longe de mim interferir na relação entre vocês dois, mas...

Faz uma pausa para observá-lo.

— Você tem que ser mais atento com ela, Marcos.

— Gabriela, ela foi criada sem a mãe. Eu era muito jovem. Dei-lhe o carinho que eu podia...

– Não é suficiente, Marcos. Toda criança, todo jovem tem necessidade de limites. Pode ser complicado para um pai jovem e viúvo administrar a situação, mas é possível, sim.

– E o que é que eu devia fazer?

– O que você devia ter feito você não fez e acabou. Estamos falando de hoje, de agora.

Gabriela se levanta.

– Examinemos a situação. Ana diz que vai dormir na casa de uma amiga. Você a beija, fala para ela se cuidar, e cada um para o seu lado.

– E não é assim...?

– Claro que não, Marcos! E sua consideração com ela? Sua responsabilidade de pai? Ana saiu e você não sabe quem é esta amiga, onde ela mora, quem são os pais. A sua filha está em um lugar e você não tem a mínima noção de onde ela se encontra. Isto se ela se encontra mesmo na casa de uma amiga...

– Gabriela!

– No mínimo, você deveria ter perguntado o nome da amiga, o telefone. E mais, deveria ter ligado para saber de sua filha. Desculpe, Marcos, eu não deveria preocupá-lo mais ainda. É esta sua displicência que faz com que a Ana seja uma pessoa cheia de dúvidas. Ela não sente em você a segurança que ela busca.

– Você acha que ela não está na casa desta suposta amiga. É isso?

– Não foi o que eu disse, Marcos.

– Vou repetir a pergunta: você acha que ela poderá não estar...

– Marcos, não adianta jogar com as palavras.

– E o que você quer que eu faça?

– Agora, nada, porque não há o que fazer. Quero que você reflita sobre o assunto e que tente mudar sua atitude em relação à Ana.

– E se ela estiver na casa do Cauê?

– Quem sabe?

– Você acha que eu devo ligar?

– Esta decisão é sua.

Marcos se levanta, apanha o telefone e começa a discar. Logo interrompe.

– Não é uma boa. Se ela estiver, mentiu. Se não estiver, não saberei o que fazer.

Marcos vai até a janela, olha o perfil da cidade que se desenha na noite. Suspira.

– Vamos jantar, Marcos?
– Perdi a fome.

Marcos está cada vez mais inquieto. A sala está à meia-luz. Uma que outra palavra é trocada. Gabriela o observa. Ele sofre. *É bom que sofra*, ela pensa. Pode ser que assim as coisas se ajeitem.

Dez da noite e o telefone toca.
– Não vai atender, Marcos?
– Prefiro que você atenda.
Gabriela se levanta.
– Alô? Alô?
Por um instante, o mundo fica em suspenso.
– É pra você, Marcos.
Ele apanha o telefone e, com receio, o coloca ao ouvido.
– Marcos...
– Oi, Ana. Que bom ouvir a tua voz. Você está bem?
– Estou.
– Bem mesmo?

Ana estranha o pai.

– Ó, liguei pra dizer que estou na casa da Cíntia e que amanhã vou direto pro colégio. Certo?

– Certo, Ana. Muito obrigado.

Pensa em completar: *estava preocupado por não saber notícias de você*, mas desiste. Senta no sofá com um suspiro de alívio.

– Parabéns, Marcos. Sua filha é mais responsável que você. Deve haver aí um mérito seu.

Ele entende a ironia.

– Bom, agora vamos comer alguma coisa e depois dormir. Que faz muito bem.

Ele a enlaça e a beija.

– Quem sabe, comemoramos?

– Marcos, você não pode estar falando sério!

15

– Cauê?

– Ana?

– Tenho de falar urgente com você.

– Pode me dar um tempo? Estou me preparando, fui chamado para uma entrevista pra bolsa de estudos. Aquela, sabe?

– É urgente, Cauê. Muito.

Faz-se uma pausa. Para Ana, um correr de dias sem fim. Para Cauê, segundos.

– Onde?

– Na praça.

Ao chegar, Ana já está lá. Cara amarrada, cabelos em desalinho, os braços em torno de si.

– Que houve, garota?

Ela não responde.

– Ana! Que houve?

Ela o olha com olhos de súplica, de medo, de quem fez alguma coisa de errado e tem medo de confessar.

Cauê tenta tocá-la. Ela se esquiva.

– Ana, você está me deixando com medo!

Ela o olha com visível ironia. Ele com medo? Ele com medo? E ela?

– Fale, meu anjo! O que houve?

– Estou grávida...

Cauê abre a boca para dizer alguma coisa, mas não consegue. O mundo rodopia à sua frente. Sons chegam de todos os lados. Um pássaro canta. O vento bate nas árvores. Um fruto cai ao chão. Um casal passa em animada conversa. Um carro freia de súbito. Ele nada ouve. O espanto passeia entre os dois. Uma eternidade de segundos se constrói. De muito longe, ele ouve uma voz que repete, repete, repete:

– Estou grávida.

Enfim, ele entende:

– Você o quê?

Ela esconde o rosto no casaco. A voz é fraca:

– Estou grávida.

– Tem certeza?

– Tenho.

– Quando soube?

– Ontem.

– E por que não me avisou?

– Precisava de um tempo. Precisava refletir. Não sabia o que fazer.

– E o Marcos?

– Ele ainda não sabe.

– Não?!

– Passei a noite em um hotel.

– Meu Deus, Ana. Por que não foi pra minha casa?

– Eu já disse...

Ele se aproxima, tenta abraçá-la.

– Minha garota, você deve ter sofrido tanto.

Ela se encolhe.

– Cauê...

– O que é, vida?

– Você quer este filho?

O rapaz se levanta, surpreso.

– Se eu quero este filho? Você me pergunta se eu quero o meu filho? É claro que eu quero! Ana, você tem alguma dúvida?

– Eu não quero.

– Espera aí. Ouvi direito o que você disse?

– Eu não quero.

– Ana, eu não acredito no que eu estou ouvindo...

– Eu não quero este filho!

Ele se reaproxima:

– Você está maluca?

Ela se cala.

– Você só pode estar maluca! Ana, diga que é mentira...

– Cauê, você já pensou o que isso significa para nós? Como é que nós vamos...

– Encontraremos uma solução. Daremos um jeito.

Ela o olha, espantada:

– Cauê, não é bem assim...

Ele parece não ouvi-la, está absorto.

– Cauê!

– Que é?

– E a bolsa de estudos?

– Que é que tem?

– Você vai desistir?

– Ana, estou aqui assimilando a ideia de que serei pai... E você vem me falar em bolsa de estudos? Sei lá.

– Eu não quero – ela insiste.

– Eu faço parte desta história, esqueceu?

– Mas eu é que vou carregá-lo por todo o sempre!

– Eu não concordo!

– Eu sou dona do meu corpo!

– O filho é nosso, nós o fizemos juntos!

– Cauê...

– Vamos falar com o Marcos.

– Me dá um tempo.

– Não, agora!

– Cauê, por favor, olhe o meu estado. Deixe-me pensar mais. E depois, quero falar sozinha com o Marcos. Você entende, não?

Ele a olha, sério:

– Você não está me conversando, não é?

– Não.

– Você promete que não fará nada sem me consultar?

– Prometo.

– Jura?

– Juro.

Ele coloca a mão sobre a barriga dela.

– Ai, Ana, eu não vou dormir hoje, nem amanhã, nem depois de amanhã, só pensando nesse filho.

Ana recolhe as pernas sobre o banco e se dilui ainda mais sobre si mesma.

16

– Ana!

– Cauê, o que você está fazendo aqui?

– Ah, eu não conseguia me concentrar... Só pensava... Sabe, não é? Fiquei preocupado... Não dormi direito este tempo... Daí, larguei as aulas e vim ver como é que você está...

– Como se eu pudesse estar bem...

– Ana...

– Mudou de ideia, Cauê?

– Não, é claro. Mas pensei muito. Uma barra, não? Eu sei o que eu tenho de fazer e, ao mesmo tempo, não sei. Não é uma coisa normal, mas é assim que eu sinto.

Ana olha para o rapaz: ele está perturbado. Não diz coisa com coisa.

Caiu a ficha. Graças a Deus.

– Ana, não podia ter acontecido. A gente tinha que ter se cuidado.

– Tarde demais, Cauê. Aconteceu e não há o que fazer.

– Fui um babaca! Devia ter usado camisinha. Mas...

– Mas o quê?

– Nada, nada.

– E você concorda comigo?

– Sobre o quê?

Ana começa a se irritar:

– Acorde, Cauê! Sobre o que falamos...

– Claro que não!

– Meu Deus, como você é teimoso. Será que não enxerga? Não vê a merda em que nos metemos?

Cauê a olha, surpreso.

– Talvez o pessoal me julgue desligado. Talvez eu pareça inconsequente, mas eu não sou. Essa parada é minha também e eu vou assumir.

– E a sua faculdade, Cauê? E o meu vestibular? Isso não diz nada?

– Claro, claro... Mas temos de encontrar uma maneira.

– Me diz, que maneira?

– Não sei, Ana. Não sei. Vamos pensar.

Ana desata em choro. Ele a abraça.

– Calma, Ana, calma. Eu tô com você pro que der e vier.

K

17

Marcos entra e encontra o apartamento às escuras. Quando seus olhos se acostumam à escuridão, percebe um vulto no sofá. *Um animal acuado*, pensa. Acende a luz de um abajur e a surpresa é enorme.

– Ana!

Ela está pálida, abatida, coberta por uma manta que lhe esconde o corpo. Veem-se os olhos lacrimados apenas, que o rosto se esconde entre os joelhos.

– Ana, que houve? Você está bem?

Ela murmura qualquer coisa inaudível, fazendo esforço enorme para falar.

Marcos a abraça. Ela se descansa nele.

– Fale alguma coisa, Ana. Você não está nada bem.

– Estou grávida...

Marcos sente um arrepio. O que se faz em um momento destes?

– Não brinque, Ana, isso é coisa séria.

– Estou grávida.

Marcos fica sem ação.

– Eu tinha medo de contar... Eu não sabia qual...

Marcos continua quieto. Ana começa a chorar.

– Você quer dizer que eu vou ser avô? – é o que consegue balbuciar.

Ana não aguenta mais a tensão e cai num choro incontido. O corpo treme.

– Calma, Ana, calma. Não é o fim do mundo.

Ana chora cada vez mais. Marcos não sabe o que fazer. Um nó na garganta, uma lassidão no corpo, um torpor. Uma vontade de gritar pela Gabriela, mesmo sabendo que ela não ouvirá. E se ouvisse, de que adiantaria? Suspira o mais profundo que pode.

– Ana, não chore mais. Vamos conversar. Me conte o que houve.

Aos poucos, Ana se controla.

– Você não está furioso?

– Furioso? Deveria estar furioso?

– Deveria. Sou sua filha, tenho dezesseis anos e estou grávida, precisa de mais razões?

– Ana, todos os dias, em todos os lugares do mundo, alguém fica grávida aos dezesseis anos. Sua mãe...

– O que tem ela? Por que você tem medo de me falar sobre ela?

– Sua mãe engravidou quando era um pouco mais velha que você.

– Vocês eram casados.

Marcos cerra os olhos e respira fundo.

– Não, Ana, não éramos.

– Não?!

– Eu não queria que você soubesse. Achei que não iria gostar de saber.

– E o que mais?

Marcos baixa a cabeça.

– Ela não queria o filho.

Ana se levanta num supetão.

– Mentira! Você está mentindo!

Começa a andar de um lado para outro, sente-se sufocada. Um torvelinho.

– Verdade, Ana. Verdade.

Ana, os olhos injetados, expressão de fúria, o encara:

– Eu não quero este filho!

Grita com todas as suas forças:

– Eu não quero, entendeu?

Marcos se assusta diante do desespero da filha.

– Ana, pelo amor de Deus, se acalme. Um filho é a coisa mais preciosa... Sua mãe entendeu e nunca houve arrependimento.

– Ela morreu por minha causa!

– Não, Ana, não foi bem assim.

Marcos senta-se no chão, ao lado dela.

– Deixe que eu te conte a história. Você pode pensar que é uma novela, mas não é.

Marcos a abraça, e ela, relutante, aceita. Ana está cansada. Não tem mais forças para lutar contra o mundo. Olha para Marcos, que olha para longe como se estivesse vendo algo muito importante. *Pelo sorriso, deve ser algo lindo*, ela pensa.

– Eu amei sua mãe desde o maternal. Foi onde eu a vi pela primeira vez, e desde a primeira vez fiquei encantado por ela. Nos separamos, nos encontramos outra vez, em outro colégio. De novo, nos separamos e, finalmente, no ensino médio, nos encontramos para sempre. Estávamos juntos sempre que podíamos. Unha e carne. Nossos pais não viam o nosso encantamento com bons olhos. Nada nos importava. Ana Lúcia foi o meu primeiro amor, um primeiro amor de sempre. Aos dezoito anos, ela engravidou. Não disse nada para ninguém. Sabia das consequências. Resolveu abortar. Eu estava na Faculdade de Comunicação, teria um futuro brilhante, segundo ela, e ela não desejava me prejudicar. Ao descobrir, e foi por acaso, fiquei puto da cara. Discutimos muito. Todos interferiram, os meus pais, os pais dela. Ao final, ela concordou e nos casamos com urgência, para que a honra da família não fosse maculada. Ana, o sol nunca brilhou tanto como no dia em que eu soube que ia ser pai. Os nove meses de gestação foram a parte mais deliciosa da minha vida. Ver a barriga crescendo, ouvir os batimentos, acompanhar os pulos. Não havia nada mais prazeroso, Ana.

Marcos suspende o relato por instantes.

– Ana Lúcia não morreu no parto. Ela pode ver você, pegá-la no colo, dar a primeira mamada. Depois, uma hemorragia interna, nunca bem explicada, a matou.

Ana se agarra mais a Marcos. Deseja se sentir protegida.

– Bateu um desespero enorme. Peguei a prancha e fugi. Eu só pensava em Ana Lúcia. O que eu mais desejava era a Ana Lúcia e o mar era o caminho. Entrei no mar sem cuidados, porque não me interessava cuidado algum. Entrei num tubo e senti a onda quebrar em cima de mim, me pegando de jeito. A prancha voou junto, bateu na minha cabeça, abriu um rasgo. Eu afundava, engolia água, mas algo parecia me impelir para a superfície. Nunca soube o tempo, mas depois de quase perder a consciência, o mar me devolveu à praia. Desmaiado, só fui dar conta de mim no hospital, gritando por Ana Lúcia. Chorei muito, Ana. Eu estava vivo e eu não queria viver.

Na escuridão, os dois parecem uma única pessoa.

– Pra mim, aquilo foi um aviso. Ana Lúcia me ordenava que eu vivesse por sua causa. E eu fiz o melhor que eu pude.

Ana se apruma e procura na cabeça dele a cicatriz. Passa os dedos com suavidade sobre o corte.

– Eu sempre pensei que você me julgava culpada...

– Nunca, Ana! Nunca! Você não sabe o quanto é importante para mim.

Que bom ouvir isso, meu pai.

– Perdoa a minha fraqueza, Ana?

Ela se apruma. De novo, as dúvidas.

– Marcos...

– Que é?

– Eu fiz isto pra magoar você.

– Não, Ana. Não acredite nisso, pode fazer mal a você. Não é verdade.

– Mas eu sinto...

– Você transou com o Cauê por amor, por desejo. Tire isso de sua cabeça. Não tem nada a ver.

Ela fica pensativa.

– Por falar nisto, o Cauê já sabe?

– Já.

– E o que ele pensa?

Ana se levanta. Vai até a janela. Não se vê a lua, apenas a escuridão.

– Ana, não sacrifique esta criança.

– Fácil falar...

– Eu sei, Ana, passei por isto também.

Ana se encaminha para o quarto. Ainda de costas, pergunta:

– E este nome horroroso, quem foi que escolheu?

– Eu.

– Ah...

– Fui o responsável por tudo, Ana. Inclusive por você nascer, minha filha.

Ana estaca.

Ele disse, ele disse!

A sala se enfeita de flores e borboletas. A música que ela ouve é a música que sempre ela quis ouvir. Tem vontade de se voltar. Tem vontade de correr e abraçá-lo forte, forte, e beijá-lo, e gritar *Pai! Pai!*

Dirige-se ao quarto. Entranhados nela, a covardia e o medo de não vencê-la. Até quando?

18

– Ana ainda dorme.

– Sei.

Estão à mesa do café. Marcos cansado, depois de uma noite inteira quase sem dormir. Gabriela preocupada.

– Acha normal? Perdeu a entrada do colégio.

– É um período difícil para ela, Gabi. Temos

de entendê-la. Dar tempo ao tempo. Complicado ajudar quem não se dispõe a receber o que se oferece.

– Você não está tirando o corpo fora, Marcos?

– Claro que não, Gabi!

– Precisamos ajudá-la.

– Eu sei, Gabriela. Já passei por estes momentos. São difíceis pra cacete! Há o receio de ir às aulas e enfrentar as colegas. Os comentários das mães das colegas. Os cochichos. A maledicência. As que irão virar o rosto e deixarão de cumprimentá-la.

– Marcos, isso é o de menos. Passa com o tempo. Não é o que os outros pensam que devemos temer.

Gabriela mexe o café. Sabe que não deve, mas é necessário interferir. Os problemas se acumulam à sua frente.

– Me preocupa o que se passa dentro da Ana. Ela é uma criança, ainda. O corpo dela há pouco entrou na puberdade. Psicologicamente, não está preparada para uma gravidez de risco. É por aí que devemos agir, entende?

Ele não responde. Ela insiste:

– Marcos, são jovens, e os jovens pensam que nada irá acontecer com eles. Que estão imunizados. Daí...

– Eu também pensava desta forma, Gabriela.

Marcos fala com amargura.

– E então?

– Então que nada neste mundo é como a gente imagina.

Ela o escuta atenta.

– Ao mesmo tempo, para tudo há uma solução.

Ela suspira, resignada.

– Passou bem a noite?

Ele mente.

– Sim. Por quê?

– Nada, nada. A minha não foi das melhores. Pesadelos.

Ele faz que não dá importância, entretido em passar a geleia no pão.

– Marcos, não podemos deixá-la sozinha.

– Não esquenta, Gabriela. Ela está acostumada. Desde criança. Você pode não acreditar, mas a Ana é muito independente.

Isso não é independência, Marcos. Você não vê?

– Você pode ter razão, mas eu não me sinto à vontade em deixá-la sozinha no estado em que ela se encontra.

Marcos a olha. Nada do que ela diz é novidade para ele.

– Ana está deprimida. Com um problemão nas costas. Necessita de apoio.

– E fazer o quê? Eu não posso ficar em casa hoje.

Gabriela faz um gesto de impaciência.

– Eu fico, Marcos, eu fico!

– Mas, Gabi, ela não...

– Não se preocupe. Dou um jeito.

Marcos, pensativo, se vê empurrando farelos de pão pra lá e pra cá.

– Não sei como agradecer...

Próximo ao meio-dia, Ana se levanta. Olheiras fundas, cara amarrotada de quem pouco dormiu, e cujo sono não foi dos melhores. Gabriela lê no sofá.

– Oi, Ana.

– Oi.

– O Cauê ligou várias vezes.

– Certo.

Ana estranha.

– Você não devia estar no consultório?

– Você não devia estar no colégio?

– Não tenho vontade. Nem saco.

Gabriela a olha firme.

– Pensei que você pudesse precisar de alguma coisa.

– Não. Sei me virar. Aliás, sempre soube.

– Há vezes em que todo mundo precisa de alguém, Ana.

– Acho que você não me ouviu.

Gabriela dá um tempo. Ana se recosta no sofá.

– Quer que eu prepare um suco pra você?

Ana a olha, irritada.

– Já disse que não quero sua ajuda. Você está maluca?

– Não, só quero me aproximar. Eu até gostaria de bancar a maluca uma vez na vida. Quem sabe você me ensina.

– Vê se não enche!

– Ana, eu sei que a você não agrada o fato de eu morar aqui, mas, de qualquer modo, para o bem e para o mal, eu casei com o seu pai. Esta casa também é minha.

Ana tenta responder, mas Gabriela não lhe dá tempo.

– Você está cheia de problemas, garota, e seu pai é quem deveria estar aqui, mas infelizmente...

– Não se preocupe. Nunca precisei...

– Ana, pelo amor de Deus, desarme-se um pouco, um pouquinho só. Você tem apenas dezesseis anos e o mundo está desabando na sua cabeça. Você precisa ouvir as opiniões dos outros...

– Eu pedi e ninguém me atendeu!

– Você não pediu, Ana. Você quis impor a sua. É diferente. Você e seu pai devem conversar mais, se comunicar. Vocês devem interagir, baixar a guarda...

– E quem lhe deu o direito de se meter neste assunto?

– Ana, às vezes, penso que você ainda não se deu conta: eu não estou aqui pra ocupar o espaço que era de sua mãe, sou apenas a mulher do seu pai. E, além do mais, tenho tido muita paciência com sua rebeldia, você não acha?

As duas se encaram.

– Botando as manguinhas de fora, dona Gabriela?

Gabriela respira fundo:

– Ana, ouça bem, eu vou repetir: eu não sou e nem quero ser a sua mãe. Ninguém substitui uma mãe, mesmo que esta mãe tenha morrido poucas horas...

Ana a olha com raiva.

– Você não tem o direito de falar sobre isso...

– Tenho todos, desde que casei com o Marcos. Você pensa, você acha, você julga. Você está sempre tensa, Ana. Sempre na defensiva.

Gabriela faz uma pausa:

– E não é sua culpa...

– Vai dizer que é culpa do meu pai?

Gabriela se cala.

Você nunca foi um pai. No máximo um amigo, um parceiro de aventuras.

– Ana, fiquei em casa por preocupação. Pensei que, talvez, pudéssemos conversar. Apesar das nossas diferenças. Mas se você não quiser, paciência, eu fico no meu canto, você no seu.

Ana se esparrama no sofá, pensativa.

– Posso trazer o suco?

As duas se encaram. Há compreensão no olhar de Gabriela. Medo no olhar de Ana. Por fim, a contragosto, ela se desarma.

– Pode.

– Um pedaço de bolo?

– Pode.

Gabriela vai até a cozinha e volta com uma bandeja.

Ana come devagar, depois larga a bandeja sobre a mesinha de centro.

– Você pode me ajudar? De alguma maneira?

– Não sei.

– Não sabe?

– Depende de você.

Ana inspira, profundamente, antes de começar.

– A impressão que eu tenho é de que ninguém me entende. Ou estou enganada? É como se eu falasse grego, ou romeno, ou russo. No entanto, na minha cabeça, está muito claro. Eu carrego uma criança comigo. O pai dela tem um projeto de vida: a faculdade, uma bolsa de estudos que ele persegue há tempos. A mãe dela tem sonhos: fazer o vestibular, se formar, exercer uma profissão. O que será desta criança?

– Continue.

Ana está no sofá, Gabriela na poltrona à sua frente.

– Eu não quero que esta criança passe o que eu passei. Viva o que eu vivi. Uma criança tem de ser respeitada.

– E você não foi?

Ana hesita.

– Às vezes penso que não. Faltou-me um pai. Um norte. Alguém que me conduzisse. Alguém que me desse ordens.

Gabriela permanece quieta.

– Esta criança não pode nascer. Não é justo para ela.

– Podemos ajudar.

– A mim, a mim! Mas e à criança? Vai crescer no meio de estranhos? Aqui e ali? De casa em casa? Carente, querendo ouvir uma palavra, a palavra mais banal, e sendo-lhe negado este direito?

Ana a encara de frente.

– Me ajude...

– O que você quer que eu faça?

– Convença meu pai de que eu estou com a razão.

– Não posso...

– Sei que você pode. Ele fará o que você pedir.

A voz é ríspida, dura:

– Qualquer coisa, Ana, menos isso.

Ana se surpreende.

– Por que, Gabriela? Não estou pedindo muito.

– Eu era jovem quando perdi um filho. Eu passava os minutos pensando em seus traços, o que faríamos juntos. Eu sempre quis ser mãe. Mas houve um problema, um parto prematuro e complicações que me impediram de ter filhos. Era o meu sonho, Ana.

– Lamento...

– Não pude realizar meu maior sonho.

– Gabi, eu sinto muito.

– Não perca esta chance, Ana. Não deixe que ela escape. Quem assegura que você terá outra? Olhe, eu ajudo, ajudo no que for preciso. Não quero ser a mãe desta criança, ocupar o seu lugar, entenda. Uma avó postiça, que fará qualquer coisa por ela. Ana, você carrega um tesouro e eu chego a invejá-la.

Ana se levanta.

– Não creio que você tenha me ajudado.

– Ana! A vida me deu e me tirou tantas coisas. Eu fiquei assim, um pouco apagada. A alegria de viver do seu pai, o jeito como ele leva a vida é o que me ilumina.

– Obrigada.

– Pense bem, Ana, pense bem.

19

– O Cauê ligou...

– O Cauê ligou...

– O Cauê esteve à sua procura...

– O Cauê deixou recado...

– O Cauê ligou...

20

Sexta-feira é sempre o melhor dia da semana. Faça sol ou chuva, caiam raios ou estrelas. É que no dia seguinte é primavera. É que no dia seguinte o pai ficará mais em casa, e ela poderá ter sua companhia. Embora o futebol, a saída com os amigos, nestes dias, sobra dia para ela. Para isso ela se prepara. Chega do colégio e o final da tarde é todo feito de planos. Mesmo que nem todos os planos se cumpram. Dorme antevendo a primavera que se acordará com ela na manhã seguinte. Primavera é tempo de sorvete, de teatrinho, algumas vezes; em outras, de praça e barcos no lago. Dia de cinema e, lá de vez em quando, muito lá de vez em quando, dia de zoológico. O pai a carrega para todo o lado, mas, em alguns momentos, Ana desconfia que é porque ele não tem com quem deixá-la. Mas é só em alguns momentos que ela pensa tal coisa. O melhor, mesmo, é o verão. O verão é quando o pai sai com a turma para surfar. É a praia, as fogueiras à beira-mar, as cantorias. O pai toca violão como ninguém. Lindo, lindo. Ela corre entre as pessoas, corre até o mar, e quando ele toca seus pés, solta gritos de felicidade. Bom mesmo é o verão. E o verão também chega depois da sexta-feira. Ruim mesmo é o inverno. O inverno começa na segunda-feira. Marcos passa o dia inteiro no escritório. E há os compromissos, as reuniões imprescindíveis, as viagens. As viagens são o que há de pior. Ela apanha a boneca e uma sacola, sempre preparada para essas ocasiões, e segue para a casa da avó, para a casa da tia, para a casa de alguém que se sujeite a recebê-la por um dia ou dois. Ana detesta o inverno. Chora durante as noites gélidas, mas está sempre de cara limpa pelas manhãs.

É numa sexta-feira que Ana acorda, depois de um inverno rigoroso. Depois de um terremoto em que ela permaneceu sob os escombros, sem saber por quanto tempo. Abre os olhos e sente o perfume: é a primavera. Feito crisálida que se liberta da casca e se transforma na leveza da borboleta, Ana levanta, se espreguiça, dá bom dia ao dia. Há decisões a serem tomadas. Abre o chuveiro e toma o mais longo de todos os banhos. Necessário limpar a pele das marcas de areia e terra que sobraram dos escombros. Necessário se livrar do peso das roupas que o inverno obrigou-a a vestir. Arrancar a casca que encobriu a pele, impedindo-a de se renovar. Sente-se reconciliada, sente-se disposta. Coloca a mão sobre o ventre e sorri. O tempo não espera. O tempo não teme as tramelas. O tempo destrava as janelas do coração.

Gabriela está se servindo, quando Ana entra na sala.

– Oi, Ana. Acordou cedo, hoje.

– Oi, Gabriela. Cansei de bancar a bela adormecida.

– O príncipe andou rondando, mas não me consta que ele tenha conseguido arrombar as portas para o beijo.

Ana ri.

– Que bom ver você assim, Ana.

– Melhor não se acostumar.

– Posso servir o suco?

– Pode. Quando você quiser. No café, na cama, quando eu chegar do colégio.

– É ótimo vê-la de bom humor e eu não me importo de servir o suco... de vez em quando. Mas seu amado pai trabalha, eu trabalho e, portanto, a jovem deve entender que nem sempre será possível.

– Entendido, dona Gabriela.

– E tem mais...

Gabriela coloca as mãos em concha ao redor da boca e fala baixinho:

– Vou te contar um segredo.

– Conta.

– Não sou sua mãe!

Ana ri.

– Que bom, Gabriela. Que bom!

Ana troca de roupa, pega a mochila.

– Tchau, Gabriela. Vou pro colégio.

– Está chovendo, Ana, e eu saio em cinco minutos. Quer uma carona?

– Aceito.

Ana larga a mochila sobre a cadeira.

Serve-se de água.

– Vamos? Que chuva, hein?

– Bobagem, Gabriela. É primavera!

21

– Cauê...

– Ana!

Abraçam-se. Beijam-se. Beijam-se.

– Que houve, Ana? Estive em sua casa, telefonei...

– Desculpe. Eu precisava de um tempo.

– E daí?

– Vamos conversar?

– Onde?

– Na biblioteca?

– É, pode ser.

Poucas pessoas estão por ali. Cumprimentam a bibliotecária, que parece observá-los. Aliás, nos dias que correm, de qualquer um que os olhe com um pouco mais de cuidado, eles desconfiam. Será que descobriram?

Escolhem a mesa mais escondida para que os olhos da bibliotecária não possam alcançá-los.

– Ana, eu andei tão apreensivo, com receio que você pudesse...

– E você acha que eu faria sem avisar?

– Quando estamos longe, Ana, sem notícias, sem uma palavra que seja, as coisas mais absurdas passam pela cabeça. Algumas noites passei em claro, tentando acreditar que você não faria nada.

– Cauê bobinho.

Ana passa os dedos de leve pelo rosto dele.

– Me perdoe...

– Certo, Ana, não vamos mais falar nisso. Passou. Você está ao meu lado, eu estou feliz. Minha vontade é cobrir você de beijos.

– Olhe, que ela está nos cuidando.

– Bobagem, Ana, bobagem.

Ele traz uma pergunta engatilhada desde que a viu, mas tem medo que ela reaja mal.

– Ana... – um sussurro.

– Que é?

– E ele, como está?

– E eu é que vou saber, Cauê? É muito novinho. Deve estar dormindo.

Sorriem.

– Você quer mesmo este filho?

– Quero!

– Pensou em todas as consequências, Cauê?

– Pensei.

– Na faculdade, no meu vestibular, nos problemas que teremos de enfrentar? Cauê, é uma responsabilidade enorme!

– Eu sei, eu sei. Rolei noites pensando. Somos jovens, Ana. Temos tempo, muito tempo.

– Isso é romantismo barato, Cauê.

– Seja como for, concluí que eu quero esta criança. E você?

Ana reluta na resposta.

– E você, Ana?

Ela o olha decidida.

– Tenho tanto medo, Cauê!

– Já disse que estarei sempre junto.

– É o que me dá mais medo.

– Não confia em mim?

Ana hesita:

– Preciso, Cauê. Preciso. Caso contrário...

– E daí?

Ela o olha, ainda relutante:

– Quero.

– Ah, Ana! Minha Ana do coração. É tão bom ouvir isso! Tem certeza?

– Tenho. Passei estes dias todos refletindo no que me disseram você, o Marcos, a Gabriela. Mas o que pesou mesmo foi a sua posição desde o início.

– Ana, Ana, Ana!

Ele a abraça com carinho, com entrega, com força.

– Posso tocar?

– Pode.

Cauê acaricia o ventre da Ana.

– Não dá pra acreditar que há uma criança aí dentro. Que nós a fizemos. Que ela vai crescer, crescer e bum! Vai saltar pra este mundo e vamos cuidá-la de um jeito que só nós sabemos. Não é?

– Tenho muito medo, Cauê.

– Bobagem, Ana. Tenho certeza, vai dar certo. Ah, mas é difícil acreditar...

Ele olha ao longe, sonhando:

– Uma criança em meus braços...

Ela se enternece.

– Cauê, eu te adoro!

– Nossa, uma declaração dessas faz a gente fantasiar...

– Você não tem jeito mesmo, não é? Só pensa em bobagem...

– Fala sério: você acha bobagem mesmo ou está dando uma de santinha?

– O que eu acho é que você está falando alto demais e daqui a pouco todo mundo vai estar nos olhando.

– E o que tem isso? Vão nos olhar porque temos uma coisa que eles não têm...

– Você não tem jeito mesmo, mas eu gosto...

– Gosta?

– Gosto.

– Prova...

Ana o enlaça e o beija com a paixão maior que uma véspera de primavera pode anunciar.

– Agora, vamos pra aula, anjo.

– Ah, Ana, temos tanto...

– Nada disso, Cauê. Não começa a arranjar desculpas.

– Tá bem, tá bem. Vamos.

Pegam as mochilas. Ao passar pela bibliotecária, Cauê não resiste:

– Lindo dia, a senhora não acha?

Ana lhe dá um beliscão.

– Ai, garota. Mas que mania que você tem!

Na porta da sala de Ana, Cauê se curva e a beija de leve.

– E não esqueça: amanhã é dia de enfrentar o sogrão.

– Nossa, que responsa! Acho que até vou tomar banho...

22

Marcos e Gabriela estão na sala. Ele folheia o jornal, displicente; ela tem um livro nas mãos.

– Nada de interessante – comenta Marcos.

– Nenhum crime? Nenhum desfalque escabroso?

– Nada que nos acalme a alma.

Gabriela vira a página do livro:

– Quem sabe, você escolhe um filme para hoje à noite?

No quarto, Ana se arruma. Através da janela, olha o sol.

Eu sabia.

Olha-se no espelho. Gosta do que vê. Um vestido leve, amplo, a saia em pontas, com grafismos em cores discretas. Sem sapatos. Gosta de sentir os pés livres, o frescor do piso. Quando criança, era um sacrifício permanecer calçada. Tão logo era possível, deixava os sapatos a um canto e se punha a correr pela terra, pela grama, pelas calçadas, sob o olhar severo do pai.

– Ana, o que é isto? Você acabou de sair do banho!

Ela fingia não ouvir.

Quando ouve a campainha, corre a atender, afogueada e feliz.

– Oi!

– Nossa, você está linda!

– Bobo. Vamos?

– Há alternativa?

– Preparado?

– Desde ontem, não faço outra coisa, senão ensaiar.

Riem.

Entram na sala, mãos dadas.

– Ora, olha só quem chega! – Marcos se levanta. – O desencaminhador de menores!

– Marcos!

– Várias vezes tentei falar com a Ana – objeta Cauê.

– E por que não comigo?

– Bom, tínhamos que resolver...

Finalmente trocam um aperto de mão.

– Você cuidou dela direitinho, não é, malandro?

– Fiz o que pude – Cauê ensaia um sorriso.

– É, dá pra perceber.

– Quem sabe, sentamos para conversar? – Gabriela tentando contornar a situação.

Cauê e Ana sentam-se no sofá; Marcos e Gabriela nas poltronas à frente.

– Nossa! Isto é um julgamento? – Ana apanha a mão de Cauê.

– Não deixa de ser, não é menina?

Por um instante, todos se entreolham, calados.

– Bom, e a que conclusão chegaram? – recomeça Marcos.

– Eu e a Ana queremos anunciar a vocês que nós vamos ser pais – diz Cauê, com segurança.

Marcos abraça Gabriela.

– Vamos ser avós, Gabriela!

Abraça Ana e Cauê, às lágrimas.

– Gabriela, traga o suco, canapés, balões, fogos. Temos de brindar!

– Marcos, não exagera – diz Ana, emocionada com a atitude do pai.

– Nada é exagero quando se anuncia a chegada de um neto, menina.

Brindam, se abraçam. Cauê aproveita para beijar Ana.

– Calma lá, rapaz. Respeito é bom...

– Eu não acredito no que estou ouvindo, diz Ana. – Não tenho razão, Gabriela?

Cauê se adianta:

– Marcos... – inicia, relutante – nós estamos pensando em casar...

– Só se for por cima do meu cadáver!

Um pouco afastada, Gabriela sorri diante do rompante de Marcos.

Típico.

Cauê e Ana mostram-se surpresos.

– Marcos, você não casou quase com a minha idade? – retruca Cauê.

– Casei e não me arrependo.

– E daí?

– Pessoinhas do meu coração, eu estou muito feliz hoje. Vocês me deram uma notícia que me aliviou. Estou nas nuvens, pra falar a verdade. Mas isso não é motivo pra tomar atitudes precipitadas.

– Que atitudes precipitadas, senhor Marcos? – pergunta Ana.

– Cauê, Ana, você são jovens, inexperientes. A convivência de vocês foi muito breve, entendem? Vocês precisam se conhecer melhor.

Gabriela não esconde a surpresa.

Ele não é tão irresponsável assim, graças a Deus.

– Mas você e a mãe...

– Já disse que não me arrependo de nada, mas não sei se estaríamos casados até hoje, se ela fosse viva.

– Pai! – Ana não se contém.

– Ei, ei, ei. Estou enganado ou ouvi uma palavra nunca pronunciada nesta casa?

Ana enrubesce.

– Ah, minha filha, minha menina querida.

Marcos a abraça comovido:

– Repete, filha.

– Pai...

– Repete.

– Pai.

– Repete.

– Ah, não enche, pai. Que saco!

– Esta é a Ana, minha filha, Cauê. Vá se acostumando.

– A minha experiência é pouca, mas já deu pra sentir...

– Olhem aqui, vocês, os dois...

– Na, na, na, na, não. Nada de brigas na minha frente. Aliás, vocês estão proibidos de brigarem na minha frente. Vão brigar na casa de vocês.

– Mas que casa, Marcos? Nas nossas condições...

– É. Ao mesmo tempo, vocês não podem morar conosco ou com os seus pais, Cauê. Precisam ter um espaço só de vocês.

– Mas como?

– Eu tenho um pequeno apartamento aqui perto. Mando arrumá-lo e, logo que for possível, vocês se mudam.

– Mas teremos de mantê-lo! Como? Faço um estágio, mas isso é pouco.

– Falo com o seu pai e veremos uma forma de ajudá-los. Combinado?

– Sei lá... O que você acha, Ana?

– Temos alternativa?

– Com uma condição: vocês, em hipótese alguma, podem deixar os estudos. Terão de aprender a se virarem com a casa, compromissos, contas, criança chorando. Se tudo der certo, podemos, mais adiante, pensar no casamento.

– Marcos, você é demais!

– Nada de gracinhas comigo, Cauê, que você não faz o meu tipo.

Gabriela ri. *Típico.*

Ana o abraça, com carinho.

– Obrigada, pai.

– Ora, Ana, o que eu não faria pela minha filha amada? Tá certo, dançar a valsa de debutante seria muito legal. Iríamos arrasar no salão...

Marcos se volta:

– Bom, a sua avó, Ana, é que não vai gostar nada da situação, quando descobrir que a neta será mãe solteira.

– De fato. Vovó é tão certinha...

– Nem tanto, filha. Há certo teatro nisso. Mas não se preocupe, eu cuido da fera.

Volta-se para Cauê:

– Quando ele tiver cinco anos eu terei apenas quarenta e três. Semana que vem vou intensificar as aulas na academia, me preparando para nossas aventuras. Você não acha que deveríamos comprar logo uma prancha?

– E um *skate*? Nossa, eu imagino este pirralho ganhando todas...

– Pegando todas...

– Pobre criança – diz Ana –, no meio desses dois loucos.

– Ah, mas ele terá a sensatez da mãe para equilibrar, não é mesmo, meu amor?

Gabriela balança a cabeça, sorrindo.

Um bando de crianças sonhando com um brinquedo que ainda nem chegou. Vou ter trabalho dobrado...

– Ei! – Ana quebrando o encanto.

– Que foi?

– Cauê, nós combinamos, lembra?

– É mesmo.

– Pai, vamos até a casa do Cauê.

– Ah, que pena. Já vão me deixar sozinho...

– Temos de falar com os pais do Cauê.

– Certo, certo. Eu entendo.

Ao vê-los felizes, não se contém:

– Modos, hein?

Eles o encaram, divertidos.

– Não vão fazer mais bobagem.

Os dois saem rindo.

– Agora é a sua vez.
– É.
– Preparada?
– Nervosa. Minhas mãos estão geladas.
– Relaxe, Ana. Meus pais gostam muito de você.
– Uma coisa é gostar, outra é aceitar essa situação.
– Não acredito, Ana. Cadê a supermulher?
– A vontade é tascar um beliscão daqueles.
– Nem brinca!

Marcos os segue da janela. Mãos dadas, aos beijos, alegres.

Gabriela se aproxima.
– São lindos, não é mesmo?
– É verdade.
Fica pensativo.
– Nostalgia?
– Não.
– Saudades?
– Talvez.
Ele continua olhando os jovens.

– Houve um tempo, Gabriela... Um tempo muito bom, mas passou.

Dá de ombros:

– Passou.

– Marcos, posso dizer uma coisa?

– Pode.

– Você me surpreendeu hoje.

Ele a abraça e a beija.

– Não quer provar?

– Ah, Marcos, você é impossível!

Ele a solta e logo é o Marcos de sempre:

– Já pensou? Ele entrando pela porta e gritando: *Vô!*

Ela sorri.

– Vamos contar para os amigos?

– Calma, Marcos. É cedo, ainda. Deixe as coisas se ajeitarem primeiro.

– Mas temos de fazer algo. Eu não me aguento! Já sei: vamos ao melhor restaurante, pedimos o melhor vinho, a melhor comida e brindamos, felizes, ao nosso neto! E depois...

Marcos esfrega as mãos.

– O que é que tem depois, Marcos?

– A melhor noite de amor com a minha rainha!

Gabriela ri, encantada.

23

– Ana, onde é que eu encontro uma toalha de banho limpa?
– No armário do banheiro, embaixo!
– Mas eu já revirei tudo!
– Credo, Cauê, vocês homens nunca acham nada. Não enxergam? Olhe aqui, ó: é uma toalha, não é?

– Ana, você se esqueceu de comprar pão!
– Estava preocupada com a prova de hoje e me passei.
– E o café?
– Não é uma coisa do outro mundo esquecer de comprar o pão. Comemos alguma coisa na padaria da esquina.

– Cauê, estou cansada de ficar dentro de casa. Vamos dar uma volta?

– Desculpe, amor, mas não vai dar. Tenho que terminar um trabalho importante. Aliás, tenho de ir à casa do Pedro, é um trabalho em grupo.

– E por que ele não vem aqui?

– Tudo bem pra você?

– Claro! Assim não passo a tarde sozinha.

– Ana, você se importa se eu for jogar futebol com a turma?

– Claro que não. Mas não demora, viu? Vou me sentir abandonada.

– Por que você não faz uma visita ao seu pai?

– Já está me mandando de volta?

– Claro que não, Ana. Pra você não ficar sozinha.

– Se você não quer me deixar sozinha, por que vai sair?

– Mas, Ana, você acabou de dizer...

– Eu sei muito bem o que disse. Pode ir, pode ir, vai jogar este futebolzinho. E se não quiser voltar, azar o seu!

— Ana, Ana!
— Que é, amor?
— Estou de volta.
— Ai, que bom. Preparei umas torradas e suco para nós.
— Ótimo. Vou tomar uma chuveirada e já volto.
— E o futebol, foi bom?
— Legal, legal.

— Cauê?
— O que foi, Ana?
— Estou com vontade de comer sorvete de iogurte com limão.
— Mas agora, Ana?
— Vontade não tem hora, Cauê.
— Tenho de estudar, Ana, e, além do mais, está chovendo.
— E desde quando chuva faz mal? Você não é nenhuma criancinha. Ah, Cauezinho...
— Tá bem, Ana, tá bem.

– Framboesa, Cauê? Eu pedi...

– É, mas não tinha. Só esse ou o de côco, que você não gosta.

– Era capaz de gostar mais de côco do que desta coisa.

– Ah, Ana, fica difícil...

– Frutas vermelhas só em geleia ou caldo. E olhe aí, tá derretendo!

– Fui longe pra buscar este sorvete, Ana.

– Deixei de querer. Come você.

– Que falta que eu sinto, Gabriela. Abro a porta do quarto dela na esperança, e ela não está. Olhe, se eu estivesse sozinho já tinha me atirado pela janela.

– Quanto drama, Marcos, quanto drama.

– Tá bem, eu não me atiraria pela janela, por medo. Agora, que eu ia sentir vontade, ah, isso eu ia.

– Pobrezinho...

– Será que eles estão bem?

– Devem estar, Marcos.
– Será que não precisam de alguma coisa?
– Acredito que não.
– E se ligássemos para eles?
– Marcos! Você já se deu conta de que horas são?

– Ana, e a minha camisa branca?
– Ah, não foi lavada.
– Mas você sabia que eu...
– A máquina estragou.
– Que ótimo! A máquina estragou e eu que me rale. E por que não me disse? Eu podia...
– E você acha que eu não tenho nada pra fazer, a não ser atender meu amo e senhor?
– Ana!
– É isso mesmo!
– Quer saber de uma coisa? Que merda!

– Cauê, vem cá, vem cá depressa!
– O que foi?
– Ele deu um pulo!

– Não!!!

– Ponha a cabeça aqui.

Cauê encosta a cabeça no ventre de Ana e aguarda.

– Ouviu?

– Não.

– Espere um pouco...

– Ouvi, Ana, ouvi! Puxa, este moleque tá avisando que deseja conhecer o mundo aqui fora. E logo!

– Por que "este moleque", Cauê? Não pode ser uma menina?

– Aguentar duas mulheres seria um carma.

Ele ri.

– Ah, se eu pudesse, juro que esganaria você.

Abraçam-se.

– Ana, ele vai ser uma fofura.

– Vai mesmo, Cauê, vai mesmo.

Caminham pelo parque, mãos dadas.

– Foi injusto da minha parte, Cauê.

– Não somos perfeitos, Ana.

– É, mas eu peguei pesado.

– Pode ser. O Marcos é um cara do bem.
– Tem razão.
– Foi muito compreensivo com a gente.
– É verdade.
– E eu, uma idiota completa.
– Nada de dramas. Se você se sente culpada, fale com ele. Com certeza, ele vai gostar de te ouvir.
– É o que eu vou fazer, Cauê!
– Ótimo!
– O mais depressa possível.
– Grande.
– Quem sabe, agora?

Ao vê-la feliz, cheia de vida e alegria, a vontade é pegá-la no colo dizer que a ama muito, demais, tudo.

E o que você está esperando, cara?

– Cauê!
– Ahn?
– Cauê!
– Que foi agora, Ana? Eu preciso dormir.
– Você tem outra!

– O quê?

– Você tem outra!

– Minha Virgem Santíssima, você está com febre? Só pode.

– Você não me liga, não me dá mais bola.

– Ana, passa da meia-noite...

– Há quanto tempo não fazemos amor?

– Mas, Ana, e a criança?

– Que é que tem a criança, seu sem noção? Falei com a doutora Áurea e ela explicou que a criança não sofre... Basta tomar cuidado...

– Sério?!

– E por que eu iria inventar estas coisas?

– Amor da minha vida, é pra já!

– Vou ao chá de fraldas que a Cíntia organizou. Você me leva? Com este barrigão, é difícil...

– Claro!

– Quando terminar, eu ligo pra você me buscar.

– Combinado.

– Mas vê se deixa o celular do lado, que na maioria das vezes você não escuta. Acho que está ficando surdo.

— Dê-me paciência, ó, bom Deus!
— Engraçadinho.

— Foi gentileza dela me convidar, Marcos. Mas vou contar uma coisa: no meio daquelas meninas todas, eu me senti uma velha! Não ria, Marcos, é a pura verdade. Ana está linda com aquele barrigão! Fiquei sensibilizada, tive de me segurar para não chorar diante daquelas meninas que riam e papariçavam a Ana. Essa criança vai me fazer um bem enorme, Marcos.

— Tem algum chocolate aí, Cauê?
Ele alcança uma barra pequena. Gulosa, Ana a devora com visível prazer, lambuzando os dedos.

Pouco depois, começa a chorar.
— Que houve?
— Você é um monstro! Não vê como estou inchada e enorme de gorda? Nenhuma roupa me serve mais!

Não, ele não vê.

– Não entra na sua cabeça que eu não posso comer chocolate?!

Graças a Deus, falta pouco.

– Tenho medo, Cauê.

Ele a abraça com toda a ternura que cabe em seu coração.

– Estou aqui, Ana. Pro que der e vier.

24

– Marcos, a bolsa rompeu! Estamos no hospital.

Marcos larga o telefone e fica estático. Depois, se recupera. Uma cena de muitos e muitos anos passa diante dele.

– Gabriela!!

– O que foi, Marcos?

– A bolsa rompeu!

Gabriela perccbe o estado em que Marcos se encontra.

– Marcos, isso é normal. Calma, vai dar certo.
– Vá se arrumar e vamos logo!

Chegam ao hospital e encontram Cauê na antessala.

– E aí, a Ana está bem? Bem, mesmo?
– Sim, sim, Marcos. O médico falou...
– E onde ela está agora? Quero vê-la.
– Está na sala de preparo. Verificando a pressão, se o bebê está bem...
– Já?
– Marcos, calma! – Gabriela o segura pelo braço e o leva até um banco. – Sente-se e acalme-se.

A bolsa também se rompeu há dezesseis anos. Ele dirige, desatinado, em busca do hospital.

– *Marcos, por favor, tenha calma!* – *dizia Ana Lúcia, a seu lado.* – *Você é capaz de provocar um acidente, e aí será pior. Eu estou bem.*

Foi preciso aplicar-lhe uma injeção, tal era o seu descontrole. Vagou a noite inteira pelos corredores, sem sossego, a angústia lhe corroendo. A toda hora perguntava, para qualquer um que passava, por alguma novidade. As horas se arrastavam e ele chegava ao limite. Ao se abrir a porta e dele o médico se aproximar, tremeu. Quase não ouviu as palavras que ele tanto ansiara ouvir: É uma menina. Ambas estão bem.

– Minha mulher, doutor? E a minha mulher?
– Não se preocupe. As duas estão bem.

Ele desabou em uma cadeira e chorou convulsivamente.

– Marcos! – Gabriela chama. – Os pais do Cauê.

Cumprimentam-se, mas ele não tem ânimo para conversas sociais.

Sentam-se. Gabriela os entretém, enquanto os fantasmas rondam o coração de Marcos.

Tão logo se recuperou, correu para ver Ana Lúcia. Ela estava pálida, abatida, mas sorria.

– E nossa menina, Marcos, é perfeitinha?

Marcos não confessa que ainda não vira a filha, preocupado que estava com ela.

– E você, como está, meu amor?

Marcos a beija de leve, no rosto. Sente o suor. Apanha sua mão e ela lhe parece trêmula.

Ela sorri, fecha os olhos. Cansada, muito cansada. Mais cansada do que devia.

Ele intui e, por intuir, se apressa:

– Vou buscar a nossa filha.

A enfermeira se aproxima, com a menina envolta em um xale rosa. Coloca-a ao lado de Ana Lúcia, que a abraça.

– Ela é linda, não é, Marcos?

– *Puxou por você.*

Ela acaricia a face da menina que suga um dos seus dedos.

– Está com fome! Vou amamentá-la.

– Você pode?

– E por que não?

Depois... Do depois, ele se recusa a lembrar.

– Marcos! Marcos! É o Cauê!

O rapaz chega ainda vestido com o avental, os propés, a máscara arriada, com um sorriso de ponta a ponta cortando o rosto.

– Como está a Ana? – Marcos mostra-se angustiado.

– É uma menina! A mais linda do mundo! E vai se chamar Luana!

Marcos se emociona.

Todos se abraçam, efusivos e relaxados.

– E a Ana, Cauê?

– Ela está ótima!

– Você acompanhou o parto, filho? – os pais de Cauê querem saber detalhes.

– Acompanhei, mãe. Quer dizer, a maior parte. Quando minha filha saiu, eu fechei os olhos. A sensação que eu tinha é de que a Ana estava sofrendo muito. Mas quando me mostraram aquela titica de gente, chorando, os braços e pernas se movendo, me olhando, me olhando, eu...

– Eu o quê, Cauê? – Marcos quase grita.

– Eu desmaiei, droga!

– Você é um banana, mesmo!

Cauê o encara, um olhar de desafio:

– E você, por acaso assistiu o parto da sua filha?

Marcos reluta.

– Fui mais cagão que você. Nem entrei na sala.

Todos caem na risada.

– Vou tirar esta roupa e dar uma olhada na minha filha.

– Todos nós vamos!

Chegam ao berçário e esperam que a enfermeira lhes mostre a bebê. Ela dorme.

– É a minha cara, não é? É a minha cara!

– Um viva pra minha neta! A neta mais linda do mundo! – grita Marcos.

Todos batem palmas, assoviam e tecem comentários em voz alta, mas logo são advertidos por uma enfermeira com cara de poucos amigos:

– Senhores! Isto aqui é uma maternidade, e não uma casa de festas!

– Perdão, mas é difícil conter a alegria que estamos sentindo – Marcos desculpa-se.

Cauê deixa os avós babando em frente ao vidro do berçário e corre para ver Ana.

– Agora vou ver a mulher mais bonita da terra. E, desta vez, eu vou sozinho.

Dois dias após, Ana e a menina têm alta. Todos seguem até o apartamento, com muitas palavras e sorrisos. A felicidade preenche todos os espaços.

As amigas de Ana a visitam, elogiam sua desenvoltura com o bebê, trazem presentes. Cauê observa. Durante a noite, olhando-se no espelho do banheiro, descobre alguns fios de cabelos brancos.

25
Seis meses depois

Ao receber a correspondência, Cauê estremece. Uma carta o deixa curioso. Mora nele a certeza das notícias que ela traz. Por isso, tem medo de abri-la. De mostrá-la a Ana. Põe a carta na mochila e, de vez em quando, a acaricia, para, logo, guardá-la. O sono não lhe traz repouso. Acorda de madrugada, perambula pelo apartamento.

– Que há, Cauê?
– Nada, Ana. Sede.

Uma noite, é sede; outra, fome; outra, um trabalho que o preocupa.

– Cauê, tenho uma reunião da turma hoje. Conclusão de uma pesquisa. Pode ficar com a Luana?
– Claro, Ana.
– Não esquece o lanchinho dela, sim?
– Pode deixar.

Quando Ana retorna, os dois estão brincando feito duas crianças. Ana se comove ao vê-los. Vai até o refrigerador apanhar um suco.

– Cauê!
– Que é?
– O lanche está aqui intocado. Você esqueceu, Cauê!
– Nossa, é verdade. Me distraí. Desculpe.
– Se distraiu, Cauê? Como é que pode? E se você se distraísse e a Luana se machucasse?

Cauê não responde. Ana percebe o seu constrangimento.

– Cauê, nós precisamos conversar.
– Certo, Ana.

Nesta noite não dormem. Um preocupado com a carta e o que ela contém. O outro, por perceber que há algo errado.

Cauê se levanta, apanha a carta, a abre e se põe a lê-la. Ana se aproxima.
– Oi, Cauê.
– Oi, Ana.
– Perdeu o sono?
– O de sempre.

Eles se olham e, finalmente, Cauê ganha coragem.
– Bom que você esteja aqui, Ana. Não aguentava mais não falar. Leia esta carta.

Ana a lê com o máximo de atenção.
– Sou um covarde, não é Ana?
– E o que você resolveu?
– Aí é que está, Ana. Eu não consigo me decidir. Eu amo demais vocês duas, mas...
– É importante, não é?
– Muito. Mas vocês também...

– É um falso dilema, Cauê.

Cauê baixa a cabeça.

– Você sabe disso, mas tem medo de admitir. Tem medo da minha opinião. Tem medo das consequências. Tem medo de perder a filha. É muito medo pra tão pouca coisa, Cauê.

– Sou um covarde, não é?

– Não é pra tanto...

Ela segura as mãos dele.

– Eu gostaria de ouvir você dizer: "Vamos juntos, Ana. Nós, os três. E seja o que Deus quiser". Eu beijaria você com paixão e responderia: "Não, Cauê. Vai você, nós ficaremos à sua espera".

– Você está decepcionada comigo.

– Não...

– Você tem toda a razão, Ana. Eu vacilei. Mas eu te amo.

Ela sorri.

– Vamos pra cama agora, Cauê. Pelo que diz a carta, não temos muito tempo. Amanhã, de cabeça fria, resolvemos.

– Alô, pai? Preciso conversar com você. Hoje, final de tarde? Na sua casa? Combinado. Claro que eu levo a Luana.

26

– Pai, eu e o Cauê resolvemos dar um tempo.

Marcos tem a sensação que o mundo começa a ruir. Era o que temia, não o que desejava.

– Lamento, Ana. Gostaria que não fosse este o final da história. Mas o que se vai fazer, não é mesmo?

– Pai...

– Vou sentir uma falta grande do Cauê. Aprendi a gostar dele. Um companheiro. É o filho que eu não tive.

Pensativo:

– E que nunca terei...

– Pai...

– Lamento mais é por você e pela menina. Que situação. O que os pais dele pensam?

– Marcos, você daria um excelente ator dramático. Estou quase chorando.

– E é sem razão?

– Eu e o Cauê não estamos nos separando em definitivo. É só um tempo. Importante pra avaliar a nossa relação.

– Bom, sente e explique melhor. Posso pegar a netinha do meu coração?

– Ela está quase dormindo. Melhor deixá-la no carrinho. Se você pegá-la no colo, não vai me escutar, nem que eu grite.

– Tá bom, Ana K, desembucha – responde, contrariado.

– Desde antes do nosso namoro, Cauê vem tentando uma bolsa de estudos em uma universidade no exterior. A resposta chegou, ele foi aceito. Deve embarcar dentro de vinte dias, caso contrário, a bolsa é cancelada.

– E o que você acha disso?

– Que ele deve ir, claro! Mas...

– Sempre tem um *mas*, senão, a vida não seria a vida. E qual é o *mas*?

– Cauê não me falou de pronto. Ficou em dúvida, sem saber se aceitava ou se ficava comigo. Nem cogitou nos levar.

– E você se queimou.

– Fiquei magoada.

– Você queria uma grande demonstração de amor.

– Tem algum mal em se querer ouvir uma grande declaração de amor? Um pouco de romantismo? De qualquer forma, eu não iria...

– Ah, as mulheres...

– E eu ia largar o colégio, quase me formando? E o meu futuro? Depois, tem a Luana, seria complicado.

– E vocês resolveram...

– Cauê embarca na semana que vem.

– E você fica conosco?

– Não.

– Não?! Pretende ficar sozinha no apartamento? Nem pensar!

– Marcos, quem decide o que faço ou deixo de fazer já ficou bem claro há muito tempo, não é?

– E a Luana?

– Ou eu arranjo uma babá, ou uma creche, e conto com vocês quando for necessário.

– Batido o martelo. Conta conosco.

Luana abre os olhos e movimenta as mãos. Ensaia um sorriso.

– Ana.
– O que é?
– Já te falei?
– ...
– Luana está muito parecida com a Ana Lúcia. Os olhos, principalmente. O jeito de sorrir, o formato do rosto.

Ana olha para o pai, curiosa.

– É como se ela estivesse voltando, Ana. Fico muito feliz.

Cauê e Ana caminham pelo saguão do aeroporto. Ele carrega a guitarra e a mochila. Ela traz Luana nos braços. Não dizem nada. Trocam um último beijo, próximo à entrada da sala de embarque. Cauê faz um carinho na menina.

– Cuide bem da mamãe, viu, meu anjo?

Sorriem um sorriso desbotado, cheio de dúvidas. Antes de atravessar a porta, Cauê se volta e acena. Ana retribui.

Enquanto o avião decola, Ana sente a dor de perder alguém que, talvez, se vá para sempre. Ele voltaria? E ela estaria ali para recebê-lo?

27
Para: Ana K
Assunto: Frio

Faz um frio do cacete!

Não fosse isso, tudo estaria pra lá de melhor.

O curso é de primeira, os colegas são agradáveis.

Tenho andado pela cidade e descoberto coisas incríveis.

Semana passada fui a um *show* do Sting.

Imagino o quanto você gostaria de estar na plateia, vibrando!

Foi demais!

Andando pelo So-Ho e TriBeca, encontrei dezenas de pequenas lojas com artigos para presentes, flores, cartões e o que se possa imaginar; antiquários e galerias de arte. Em uma delas, dei de cara com um postal de uma garça de bico rosa voando e me veio à mente a lembrança da minha menina.

P.S. Desde que cheguei, a saudade se enreda em mim e não tem jeito de me deixar. Às vezes, sufoca.

28

Para: Cauê
Assunto: Notícias

De casa pro colégio, do colégio pra casa. De vez em quando, uma saída com as amigas.

Um cinema. Fui ao teatro. Foi bom.

Que inveja por não ver o Sting.

Luana está cada vez mais esperta.

Não sei por quem puxou...

E cada vez mais parecida com a minha mãe, Cauê. Impressionante.

A expectativa é descobrir qual será a sua primeira palavra. Todos por aqui ficam tentando que ela repita o que falam.

A maior dificuldade é salvá-la do vovô Marcos. Ainda bem que a Gabriela me ajuda.

Fiz um móbile da garça. Ela fica voando sobre o berço e os olhos atentos da nossa menina. E de suas mãos, que desejam caçá-la.

Copiei a mãozinha dela pra mandar pra você.

P.S. Estou com vontade de dar um pulo por aí. Será que você nos aguenta?

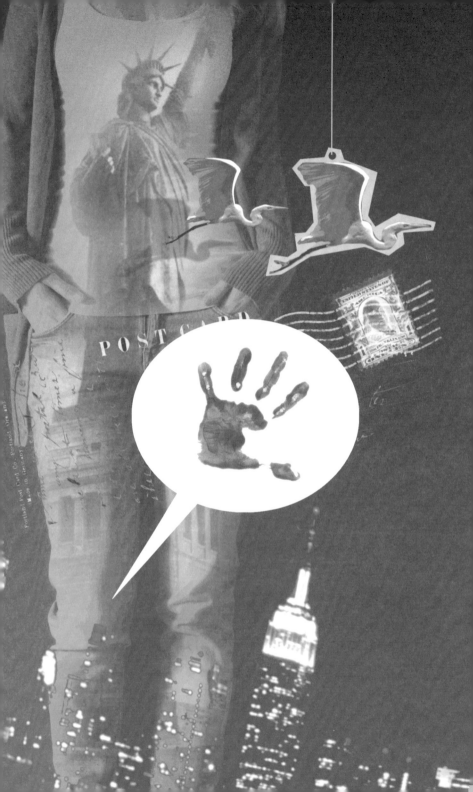

Para: Ana K
Assunto: Banda

Ana, acabo de ser aprovado pra tocar em uma banda!

Só gringo e eu de brasileiro!

Som da pesada.

Vou me agarrar com unhas e dentes. Pode ser a minha grande chance. Quem sabe, um dia destes, eu me encontro com o Eric?

Nossa, vou esperar vocês com o coração na boca!

Para: Cauê
Assunto: Férias

Estou pensando em aproveitar as férias. As últimas, que depois tem o vestibular. Assim, passamos o Natal e o Ano Novo juntos.

Para: Ana K
Assunto: (sem assunto)

Ei, você quer casar comigo?

IMPRESSÃO:

Santa Maria - RS - Fone/Fax: (55) 3220.4500
www.pallotti.com.br